Haf o Hyder

Haf o Hyder

Argraffiad cyntaf: 2021
© Hawlfraint yr awduron unigol a'r Lolfa Cyf., 2021

Cynllun y clawr: Sion Ilar
Llun y clawr: Ponomariova_Maria

Rhif Llyfr Rhyngwladol: 978 1 80099 081 4

Dymuna'r cyhoeddwyr gydnabod cymorth ariannol
Cyngor Llyfrau Cymru a chydweithrediad
Eisteddfod Genedlaethol Cymru.

Cyhoeddwyd ac argraffwyd yng Nghymru
ar bapur o goedwigoedd cynaliadwy gan
Y Lolfa Cyf., Talybont, Ceredigion SY24 5HE
e-bost ylolfa@ylolfa.com
gwefan www.ylolfa.com
ffôn 01970 832 304
ffacs 01970 832 782

Mae hi wedi bod yn gyfnod heriol i bawb yng nghanol y pandemig, a'r bwriad y tu ôl i'r prosiect 'Haf o Hyder' yw cefnogi ac annog awduron a beirdd newydd, yn ogystal â rhai mwy profiadol, i fod yn greadigol, a chyflwyno straeon a cherddi i godi calon y genedl. Diolch o galon i'r holl gyfranwyr am ymateb i'r her ac am ysgrifennu cynnwys mor amrywiol – o ganeuon i gerddi, o sgript i straeon.

Braf yw cydweithio â'r Lolfa a 4Pi Productions i gyhoeddi'r gwaith arbennig hwn mewn cyfrol amserol sy'n gwthio'r ffiniau, a'i gyflwyno mewn cyfrwng ffres ar lwyfan rhithwir fel rhan o'r Eisteddfod AmGen.

Elen Elis, Trefnydd a Phennaeth Artistig
Eisteddfod Genedlaethol Cymru

CYNNWYS

AR BEN TWTHILL

OSIAN OWEN

Mae haul Awst fel marmalêd
y bore hyd ei bared
yn dod â'r diwrnod i'w dŷ.

Mae'r golau hyd y gwely.

Mae o'n codi a sbio
yn y drych. Mae'n mynd am dro.

Ar ben Twthill mae helbulon y byd
mor bell. A Chaernarfon
yn binc, ac yn newydd sbon.

Mae haul hyd ei hymylon.

Cyn i'r dre ddeffro heddiw
mae ysbaid i'r enaid briw
i'w gael yn gwylio'r golau
diog, hufennog dros Fae
Caernarfon a Môn, lle mae
yr awyr hithau'n friwiau.

'Sgubor Goch sy'n goch i gyd.

A'i thai'n un am un ennyd.

Eryri'n wawr o arian.

Y môr yn geiniogau mân.

Cyn i'r dre ddeffro heddiw
mae ysbaid i'r enaid briw,

ysbaid i wylio'r bore
yn dod â'r ha'n ôl i'r dre…

SYMUD FFINIAU

SIÂN MELANGELL DAFYDD

Annwyl V,

Mae pum cwningen fel un ddafad. Dyna rydw i wedi'i ddysgu heddiw. Dyna sydd gan T i'w ddweud. Lladd pob blydi cwningen sydd raid neu fydd dim un letusen na cêl na dim byd heblaw'r garlleg yn tyfu yn yr ardd.

Mae o hefyd yn cofio eira mis Mawrth. Wna i byth ddeall sut mae o'n anghofio rhai pethau a chofio pethau eraill. Ond roedd pum modfedd, o leiaf, ag olion cwningod ar hyd yr ardd, yn croesi olion piod a brain wrth y bwrdd picnic fel bod gwledd wedi digwydd rhyngddyn nhw yno. Yr *holl* olion traed, wyt ti'n cofio'r rheiny? Dyna oedd o'n ddweud dros ei frecwast. A fydden ni ddim wedi gwybod dim amdanyn nhw 'radeg hynny ond am yr eira.

Mae pum cwningen yn bwyta gymaint ag un ddafad, ac ella fod mwy na phump. Siŵr bod!

Ydw i wedi cael dy sylw di bellach? Ti fydd yn gwybod ydy'r cwningod yn cael byw neu beidio. Mae *o* wedi ecseitio'n lân ei fod yn cael defnyddio'i wn aer yn barod. Tydw i ddim wedi dod yma i sgwennu am gwningod ond mae'n rhaid i mi gychwyn yn rhywle, felly waeth i mi gychwyn hefo brecwast ddim. Dyna sut aeth hi, heddiw, cyn coffi hyd yn oed.

Ddylwn i ddim bod wedi sôn wrtho pa mor ciwt oedden nhw neithiwr yn chwarae yng ngolau'r machlud. Ond *mae* eginau'r radisys wedi mynd bob un, a'r sbigoglys hefyd.

Rydw i'n sgwennu, nid i baldaruo am ffawd pum cwningen, ond i sgwennu llythyr ataf i'n hun. Wyt ti'n cofio rhywbeth am hyn, tybed? Mae'n teimlo'n reit *ridiculous* fel tasg rŵan. Neithiwr, roeddwn i yn agoriad oriel newydd ar Zoom – rhywbeth welais i ar Facebook. Roedd rhywun o'r gwaith wedi clicio ei bod hi'n mynd, ac mi feddyliais i wedyn, os oedd hi'n mynd, dylwn innau hefyd. Dim ond ei roi ymlaen yn dawel fel radio tra 'mod i'n paratoi swper roeddwn i am wneud, ond i fod yn onest, roedd o'n reit ddiddorol. Gwaith artist o Piccolo Museo della Poesia rhywle yn yr Eidal oedd yn ddifyr am ei bod hi'n casglu straeon dros ffiniau. Os ydy salwch yn hidio dim am ffiniau, meddai... heb orffen ei brawddeg.

Reit, dyma pam 'mod i wrthi'n sgwennu ataf i'n hun: dyna ei gwaith gosodiadol hi. Mae am i ni – bawb oedd yno – sgwennu llythyr aton ni'n hunain mewn pum mlynedd ac mi fydd hi'n eu postio'n ôl aton ni pan ddaw'r amser. Mae'n fy nharo i fel rhywbeth byddai Sophie Calle o Ffrainc yn ei wneud. Ond wedi gorfeddwl, mae'n anodd dechrau. Helô, wyt ti'n ocê? Rwyt ti'n fy ngwneud yn swil.

Mae jiráff pren wedi symud o'r bwndel anifeiliaid ac wedi dod i gael ymgom hefo coes y soffa, am ryw reswm.

Dwi angen cofio plannu'r india corn yfory neu dim ond barfau fydd ganddon ni i'w bwyta erbyn diwedd yr haf, heb gorn tu mewn.

Alla i ddim cysgu, ond mi fyddi'n cofio hynny, siawns. Neithiwr mi gefais yr hunllef yna eto am fethu anadlu. Gobeithio dy fod yn dygymod yn well nag ydw i, rŵan. Plis, plis, hynny.

Un trafferth hefo bod yn fam ydy teimlo weithiau nad ydw i'n bodoli o gwbl. Mae gen i beth wmbreth o luniau ohono fo hefo pobl eraill – hefo plant ac oedolion. Hefo'i ffrind, Eben, y ddau yn trio dringo i fyny'r llithrenni yn y parc, yn eistedd ar ysgwyddau T. Ond does neb yn cymryd lluniau ohonon ni'n dau hefo'n gilydd. Ocê, mae gen i ffeil *selfies* hefo fo yn y ffôn, ond yr un un llun ydy hwnnw, dro ar ôl tro. Golau drwg yn aml, a finnau'n edrych yn hen wrth graffu at olau'r haul. Tydy hynny ddim yn ddigon. Dyma'r fam heb goesau. Dim ond ysgwyddau cam ac un fraich yn ymestyn at y camera. Efallai wir nad ydw i yma go iawn wedi'r cwbl.

Bob dydd, rydw i'n ysgrifennu tri pheth dwi'n ddiolchgar amdanyn nhw. Dylwn i fod yn browd o hynny, mae'n siŵr – 'mod i wir yn gwneud un o'r pethau 'ma mae pawb yn argymell. Waeth i mi eu rhoi nhw yma am heddiw.

1) Yr hen ddynes yn y siop fara ddwedodd fod gen i *dungarees* neis. Y rhai hefo patrwm blodeuog sy'n debycach i *vulvas*.

2) Mae'r penbyliaid dal yno, yn fawr ac yn dew bellach. Yn brinnach, ond dal yno.

3) Mae'r durturiaid wedi cael babi. Mae'n o'n un bach fflyffi drosto i gyd.

Heblaw'r *selfies* yna, mae gen i ffeil *screen-shots* i wneud i mi deimlo'n well, ond dwi wastad yn anghofio edrych arnyn nhw. Dwi'n anwybyddu'r gwahoddiad i dalu arian am fwy o le i storio lluniau mewn cwmwl ond yn tynnu mwy a mwy o *screen-shots* a'u hanwybyddu fel drôr llawn papurau bach *fortune cookies*. Hwn heddiw: *Here's a little reminder that there is a lot going on right now. Please be kind to yourself.* Hefyd, cartŵn bach da dwi eisiau ei brintio a'i roi ar y ffrij sy'n dangos cemegau hapusrwydd gan *apothecary* yn Efrog Newydd: seratonin, oxytocin, melatonin, norepinephrine, phenethylamine, dopamine, endorphins, acetylcholine. Maen nhw'n swnio fel cloddfeydd, bob un, ymhell o Efrog Newydd. Ond rydw i'n dychmygu mynd yno rhyw ddydd a phrynu darn o'u cacen *ganache* siocled a madarch *adaptogens* nhw er lles fy rhes hir bersonol o gloddfeydd hapusrwydd. Ie, siocled a madarch. Rhaid eu trio, am wn i. *Apothecary*: gair da. Mi faswn i'n teithio pellteroedd i *apothecary*. Siŵr ei fod fel siop fferins – blodau wedi sychu mewn poteli a rhywun yn medru dweud pa un sy'n gwneud lles i'r iau a pha rai sy'n gwneud lles i'r galon.

Roedd un o'r athrawon pilates dwi'n ei ddilyn ar Instagram yn dangos llun ohoni hi a'i phlant yn gwersylla o dan ddim byd ond tarpolin bach. Matras rywsut ddim yn damp ar lawr. Y pedwar ohonyn nhw yn hongian eu pennau dros ymyl y gwely-dros-dro yn y gwyll. Roedd hyd yn oed eu lleuad nhw'n berffaith. Dylwn i wneud hynny. Byddai hynny'n gwneud i mi deimlo'n well. Ond mae'r traffig wedi cynyddu eto. Chwech o'r gloch fydd hi pan ddaw'r rhes o Jaguars ar joli i ogledd Cymru dros y Berwyn. Bastards – nhw sy'n codi cyn cŵn Caer. Ac yna, faswn i ddim mewn simbeiosis anhygoel â byd natur. Mi faswn i'n cyrlio'n belen er mwyn trio cadw'n gynnes a hynny'n rhoi poen bol i mi ac yn mynd 'nôl i wely'r tŷ yn flin, i yfed gormod o goffi ar ôl clywed y Jags.

Digon, efallai, fyddai gweld y sbigoglys yn tyfu a mynd i weld y penbyliaid o bryd i'w gilydd. Dylwn i sôn am bethau mawrion bywyd wrthot ti, mae digon ohonyn nhw. Ond maen nhw'n rhy fawr, tydyn, ac mi fyddi'n cofio'r rheiny. Wyt ti'n cofio'r pwll penbyliaid o dan y llwyni eithin? Cywilydd arnat ti os nad wyt ti. Heddiw, dyna sy'n fawr, a dyna gafodd ein sylw ni. Ac wedyn, aeth y diwrnod yn ei flaen fel arfer, ond am y munudau yno, ar fy nghwrcwd, yn creu cwpan â'm llaw i un penbwl jyst o dan wyneb y dŵr – dyna oedd y byd i gyd. Fel arfer, dwi'n mynd ar ôl un neu ddau, yn gwylio'r llaid nes iddo fflicran, a dyna lle maen nhw. Amynedd sydd isio.

A dyma sy'n od – o fan'no dwi'n cofio pethau hollol amherthnasol. Y ffarmwr o Wlad Belg a symudodd garreg ffin gan ei bod hi jyst yn y ffordd. Doedd o'm eisiau hi lle'r oedd hi a dyna ni, ond ehangodd dir y wlad ei hun o saith troedfedd, a phechu Ffrainc.

Wedyn, yn yr anadl rhwng dal a cholli penbwl arall, yntau'n rhwbio ei ben rhwng fy mysedd, cosi fel maen nhw yn ysgafn, ysgafn ym myd bach iawn fy llaw – mi feddyliais rywsut am grwbanod môr. Dros gant ohonyn nhw wedi eu gweld ar arfordir Cape Cod, yn heidio. Darllenais rywbeth am hynny'n ddiweddar, mae'n rhaid, a dyma'r stori'n plopio i'w lle yn fy mhen, tra 'mod i'n syllu i'r dŵr. Peth amhosib i'r crwbanod ei wneud, yn ôl y deallusion. Ond dyna lle'r oedden nhw, dros gant o'r crwbanod cragen-galed mwyaf yn y byd, creaduriaid unig yn mynd o ffrwd oer o fôr i ffrwd gynnes, yn dilyn rhyw reol sydd y tu hwnt i'n rhesymeg ni, yn arnofio mor agos i'r wyneb fel bod eu cregyn yn amlwg o'r awyr. Dwi'n meddwl 'mod i wedi teimlo rhywbeth agos i gariad, am eu bod nhw'n herio'r drefn. Byddwn i wedi anghofio popeth amdanyn nhw oni bai am y penbyliaid, ond am gyrcydu mewn lle llaith i wneud dim byd ond gwylio.

Sôn am y penbyliaid, rydw i'n gwneud Sangha i famau ar nos Iau. Hwnnw ydy'r unig beth fydda i byth yn anghofio ei wneud – cof fel gogor neu beidio. Mae mamau yn dod at ei gilydd o bob man. Rydw i'n cadw'r camera i ffwrdd rhan fwya'r amser, neu'n eistedd hefo ffenest y tu ôl i mi, er mwyn bod yno heb ddangos fy hun. Mae 'na sawl un arall yn cael ei disgrifio fel hyn: *We have co-sleeping and breastfeeding moms out there.*

Out there: fel tasen ni ar blanedau gwahanol. Ond waeth i chi ddweud ein bod ni. Ac mi fyddan ni'n eistedd neu'n gorwedd hefo'n gilydd, o bell, yn rhoi llaw ar ein calonnau ac yn myfyrio. Yn dysgu am y *brahmavihārās*, neu'n trio. Mae'r rhan fwya ohonon ni'n styc ar *muditā* os ydyn ni wir yn onest. Mewn pum mlynedd falle bydd hynny'n golygu dim byd i mi, neu falle bydden i'n ei ymarfer bob dydd, yn ddidrafferth. *Muditā* – llawenydd drwy empathi.

Dwi'n hoff o onestrwydd rhai mamau yn y grŵp, beth bynnag. Mae un ddynes sy'n ysgrifennu cerddi ffraeth am ba mor hollol boncyrs ydy plant, pa mor lyfli a pha mor tynnu-gwallt-dy-ben ydy plant... Wn i ddim beth yw ei henw hi go iawn. Wyneb hir a gwallt hirach. Dwylo bywiog wrth siarad. @totallymakingitup yw hi ar Instagram ac enw ei gŵr sy'n dangos ar ei I.D. Zoom. Dwi'n iwsles am gofio enwau. Liz, falle. O nunlle, wrth i bobl ofyn cwestiynau ar y dechrau, mi ofynnodd hi sut oeddwn i'n delio â theimladau o beidio bod yn ddigon, jyst achos fod gan rywun arall rywbeth mae hi wir eisiau ei gael. Ei bod, y diwrnod hwnnw, wedi gweld Instagram Stories gen i. Ie – fi. Fi, sydd ond newydd ddeall beth ydy Instagram Stories. Fi, sydd ond yn ei ddefnyddio fel ffordd o angori rhywbeth da am y diwrnod. Un llun. Un peth i fod yn ddiolchgar amdano, yng nghanol y llanast fel arall. Y fideo penbyliaid welodd hi.

'And right there, I was jealous of V's tadpoles,' meddai. 'I can't give my kids tadpoles. We live in a 50 metre square flat...'

Ond erbyn hynny doeddwn i ddim yn gwrando.

Roeddwn i wedi agor ffrwd breifat 'chat' a dechrau anfon gair i ymddiheuro am fy mhenbyliaid. Feddyliais i ddim. Nid dyna oedd y bwriad, ac ati. Doeddwn i ddim wir isio dweud wrthi am y rhestr o bethau sydd wedi mynd o le. Y *disasters* yn fy mywyd sy'n golygu 'mod i mor agos i'r pwll penbyliaid penodol yma yn y lle cynta, yn hytrach nag yn *byw*.

Pwysais Send. Dyna ni. Rhywun hollol ddieithr yn gwybod rhywbeth amdana i.

'How perfect,' meddai hi, a dweud 'perfect' fel grwndi cath. 'I want to be glad you have tadpoles, V. I *am* glad you have tadpoles. I'm glad there are tadpoles in the world. I just want them for my children too.'

Ac wrth iddi siarad, roedd hi hefyd yn teipio. *OMG I had no idea. I feel even worse for coveting your tadpoles now.*

Aeth y sgwrs i rywle. Dwi'n siŵr fod yr athrawes wedi argymell rhywbeth. Wedi dod â'r sgwrs yn ôl at *mudita* mewn ffordd ystyrlon, heb i neb deimlo'n euog. Ac fel pob sesiwn myfyrdod, dwi'n lwcus na wnes i gysgu. Dwi ddim yn cofio beth ddwedodd hi, ond roedd o'n dda. Dwi'n edrych yn iau heno. Mae @totallymakingitup wedi ysgrifennu ata i eto, yn cynnig anrheg o unrhyw un o'i cherddi fel darn o gelf. Unrhyw un o gwbl, ac y byddai'n ei anfon fel post hen ffasiwn.

Mae'r blydi durturiaid yna eto. Mi fyddan nhw wedi bwyta bwyd yr adar mân i gyd. Ydw, dwi'n dweud 'Shw' wrth y ffenest, mewn tŷ tawel. Mae'r adar wedi mynd. Does dim ôl o ddim byd na neb, dim ond fi yn siarad hefo fi'n hun a'r delyn heb dannau yn dal sŵn fy llais rywsut. Shw. Mae'r delyn a'r jiráff yn feirniadol – dwi'n gwybod eu bod nhw. Ond mae'r ddynes yna, @totallymakingitup, wedi gwneud fy niwrnod i heddiw. Dwi'n meddwl mai dyna'r unig beth dwi am ei rannu yn y llythyr yma.

O – a phaid â throi allan i fod yn rhywun sy'n lladd cwningod. Coda'r ffens glyfra erioed. Siâp L yn y pridd sydd isio. Neu ryw donfeddi radio tydy cwningod ddim yn eu hoffi. Mae'n werth trio unrhyw beth.

V

*

Rhoddodd V y llythyr mewn amlen hefo'i chyfeiriad ei hun arni. Rhoddodd honno mewn amlen arall ag enw a chyfeiriad yr artist arno, stamp, sêl. Aeth am dro i'r blwch post yn y gilfan a'r un bach hefo hi, ar ei hysgwyddau, gan feddwl y byddai o'n rhy drwm i hyn erbyn i'r llythyr gael ei anfon yn ôl. Byddai'n gadael iddo fo ei bostio. Yna, byddai'n gwlychu ei welingtons lle mae'r nant wedi gorlifo.

Ac ymhen pum mlynedd, byddai wedi anghofio popeth am y llythyr a'r artist pan ddeuai ei llawysgrifen ei hun yn ôl ati ryw fore Sadwrn. Byddai hefyd wedi llwyr anghofio popeth am @totallymakingitup tan iddi ddarllen amdani eto. Ni ddeuai darn o gelf, ond doedd hynny ddim yn golled ychwaith. Atgof yr eiddigedd am benbyliaid oedd yn cyfri, a'r geiriau. Bydd yn anghofio'r ffarmwr Belgaidd hefyd, a'r crwbanod coll. Bydd yn cofio'r haf o letys gardd ond ddim y strach hefo cwningod, er y bydd T yn caru ei wn-mewn-bocs o hyd.

BREUDDWYD ARTHUR DANIEL

DYFAN LEWIS

Rhyw fore go ryfedd o'dd hi.
Do'dd hi heb wawrio, t'wel, ac o'dd y coed
yn tasgu cysgod lloer ganol gaea
ar y llwybr, yr adar heb ddihuno,
a'r lle'n llonydd heblaw crensian traed
ac ambell fraw rhwng dau olau
yn bygwth ar y cyrion.

Golles i'n ffordd,
'y mai i o'dd e, wrth gwrs,
ond beth alla'i 'weud?
O'dd hi'n dywyll, a ges i ofon,
a dda'th dim drwg o'r peth chwaith, go iawn,
achos fynna, tra'n cered ar y bryncyn,
ffindes i lannerch – nid ansylweddol –
a bedwen yn 'i chanol.

'Na beth o'dd profiad,
gweld y peth 'ma'n taranu o'r pridd
ac yn hawlio sylw neb a'r holl fydysawd
wrth i haul y bore grymanu'n uwch
a bwrw arian ei rhisgl.

A chimbod, sai'n un am bethe mowr,
a sai'n un am broffwydo
ond deimles i ryw sgytwad fynna
yn y llannerch, ar y bryncyn.
Ryw hyder.

Un dydd, fydd 'na ole euraid arall
yn taro'r fedwen unig hon
ym more Cymru Rydd.

MOEL HEDGEHOG

LLŶR GWYN LEWIS

Mae o'n cofio rhyw noson oer a gwlyb yn Ionawr, yn hongian ar raff yn y ganolfan ddringo, wedi methu â chyrraedd yr howld nesa ac wedi llithro ac felly'n styc yno, yn swingio'n ôl a blaen yn ysgafn, ei fol yn hongian allan, ac yn llwyr ar drugaredd ei fêt i lawr ar ben arall y rhaff. Wrth droelli'n araf, dyma fo'n meddwl wrtho'i hun: dwi'n rhy dindrwm i hyn. A doedd y wal ddim yn bodloni'r ysfa am y graig, y gwynt, y gwair. Peth nesa at fynydda i lawr fan hyn oedd y Bannau, ond doedd 'na neb yn cyfri'r rheini go iawn achos roedd y Bannau'n shit, yng ngolwg Llion.

Y noson honno felly, ar ôl cyrraedd adref, dyma fentro defnyddio hynny o gredit oedd ganddo â Siân i holi sut olwg fyddai ar fynd i fynydda efo'r hogia.

'Dos wicend yma,' atebodd hithau'n syth, 'ti'n amlwg angan o.'

Roedd hi wedi bod yn disgwyl am y sgwrs hon ers o leia bythefnos. Neges sydyn ar y grŵp WhatsApp 'Ooh mountain friends' amdani felly, a daeth yr atebion 'nôl fel siot. Rhaid bod y mynydd wedi bod yn eu galw nhwythau hefyd.

Doedd dim byd gwell ganddo yn y byd na dechrau wrth droed mynydd a thrio cyrraedd ei gopa. Gora oll os oedd ffrindiau efo fo ar y ffordd, a Rhys a Cynon oedd y ddau i droi atyn nhw fel arfer. Gwell fyth os oedd rhaid ymafael mewn craig, a pheryg o lithro oddi arni neu fynd ar goll yn llwyr. Gwell eto pe bai gwledd go iawn i'w chael ar y top; a tydy mynydd ddim yn fynydd heb gael peint neu chwech ar ôl dod i lawr.

Dau ffrind bora oes, dau allai fod yn idiots llwyr, ond dau roedd Llion yn gallu bod yn fo'i hun efo nhw mewn ffor' nad oedd o ddim efo pobol eraill. Roeddan nhw wedi bod drwy lot efo'i gilydd: chwarae mewn band; smocio menthols ac yfad Southern Comfort yn Steddfod, a thrafaelio i neuaddau preswyl ei gilydd ar ôl i bawb fynd i'r brifysgol, jyst er mwyn gallu piso yng nghoridor y coleg oedd yn elyn i'w coleg nhw. Ac wedyn, ar ôl callio (chydig) a heneiddio (lot), dyma ddechrau obsesiwn newydd eto, a'r hobi gwiriona gawson nhw 'rioed... mynydda.

Weithiau wrth ei ddesg yn y ddinas daw tameidiau, rhyw sgyrion bach o'r daith yn ôl i Llion yn llygad ei feddwl, yn gyflawn ac yn glir fel dŵr mynydd. Dyna i chi Rhys, yn fwrlwm heglog chwe throedfedd styllendenau ac yn freichiau a stumiau i gyd wrth ymosod ar y Lliwedd drwy'r drws cefn: 'Peth ydy, mae o jyst mor hawdd i ffindio dyddia yma. Oddan ni'n goro dibynnu ar *FHM* a *Loaded*, doeddan, ella *Playboy* os oddach chdi'n lwcus. Un clic ar *private browsing* 'ŵan ar dy ffôn a ti awê!'

Neu sgrialu i lawr o lethrau'r Glyder Fawr tua Llyn y Cŵn, a Cynon yn egluro'n bwyllog a doeth: 'Dwi'm yn rhoi y shit 'na yn 'y nghorff dim mwy, 'de. Dwi'm yn cofio tro dwytha i fi ga'l Maccy Ds. A os dwi ffansi Chinese... wel, dwi jyst yn gneud wbath fy hun yn tŷ. Lyfli.' A'r ddau arall yn gwaredu ei fod wedi mynd yn un mor gall a diflas.

A dyma Llion yntau, wedi glanio'n ei ôl yno am benwythnos o gerdded efo'r ddau. Maen nhw'n deud mai fo oedd yr un efo brêns; mai dyna dynnodd o lawr i'r ddinas. Ond ma'r ddau arall yn hapus braf yn dal i fyw yn eu milltir sgwâr, un yn athro a'r llall yn ddentist, ac mae Llion yn dechrau amau, rŵan ei fod dros ei dri deg, ella mai nhw oedd efo'r brêns go iawn.

Rhyfedd, on'de? Pan oedd o'n byw yno, roedd o'n methu'n lân ag aros i gael dianc. Erbyn hyn, cymer bob cyfle a gaiff i ddioddef artaith yr A470, hel ei bac a dreifio'n ôl i dŷ ei dad a mynd i fynydda efo'i ffrindiau ysgol. Pam, meddach chi, nad ydy o jyst yn symud 'nôl? Ella, mewn gwirionedd, ei fod o jyst yn licio byw yn rhywle sydd o fewn dwy filltir i'r Nandos agosa ac sydd efo 4G ar bob stryd a Deliveroo gliciad ffôn i ffwrdd.

Ond wedyn, weithia, jyst weithia, daw'r teimlad yma drosto, ac mae rhaid arno fynd i fynydda. Pam yn union? Ai teimlad o fynd 'nôl mewn amsar? (Nid i niwloedd Celtaidd cynhanes ac enaid y pridd na rhyw lol felly, dalltwch, ond 'nôl at pan oedd o'n ddwy ar bymtheg, at fersiwn cynt, ieuengach ohono'i hun.) Ella, erbyn rŵan, ei fod o jyst yn gyfle i ddianc o'r job a sŵn y babi'n crio...

Ni ŵyr yn iawn beth yw'r dynfa, ond mi ŵyr ei bod yn ddigon, o bryd i'w gilydd, i'w gymell i gau ei lyfr a chodi o'i gadair ac estyn ei fag a ffarwelio, gyda chennad wrth reswm, a dweud: 'Wela i chi.'

*

Roedd y tri ar gychwyn o ryw lain o faes parcio difancoll, diffaith o raean wedi'i stwffio rhwng tarmac a giât, ac roedd Cynon yn dal i brotestio yn erbyn beiau tecawê Chinese. Dyna un o gyneddfau odiaf y gyfeillach hon. Mi allai'r tri ohonynt fynd wythnosau, fisoedd heb siarad â'i gilydd – hyd yn oed y ddau arall, oedd yn dal i fyw dafliad carreg oddi wrth ei gilydd – ond gynted ag y bydden nhw'n ôl yn y maes parcio ac yn hel eu bagiau a gwisgo'u bŵts, roedden nhw'n gallu ailgodi'r sgwrs o'r lle gadawyd hi tro dwytha, fel tasen nhw wedi dod o hyd iddi yn y brwyn wrth ochr y lôn ac wedi brwsio'r llwch oddi arni.

Buan fodd bynnag y dechreuodd y bwlch rhwng Llion a'r lleill dyfu; collodd olwg arnyn nhw yn y grug a bu raid iddo weiddi ar eu hôl. Roedd yn laddar o chwys, ac roedd hynny'n ddigon o esgus iddo ddod i stop a thynnu ei gôt ucha a'i stwffio'n flêr i'w fag. Daeth y tri i stop, ac edrych allan ar yr olygfa'n dechrau agor oddi tanynt. Gweddïai Llion nad oedden nhw wedi sylwi ei fod eisoes, brin chwarter awr o'r car, wedi dechrau mynd i strach. Ond wrth gwrs, roedd rhaid i Cynon gael gofyn yn smala, 'Pa mor amal ti'n cal y Deliveroos 'ma yn Gaerdydd 'cw, Llion...?'

'Ffocin babis 'de.'

'Be ma'r babi'n neud 'lly, fforshio tecawês lawr dy gorn gwddw di bob nos Iau?'

'Siriys, Cynon. Amsar ydy'r peth. Byth amsar am *run* ddim mwy. Neu bo' fi jyst yn nacyrd. Gwna'r mwya o unrhyw amsar sgin ti, rŵan. Unrhyw drips seiclo, marathons, unrhyw *unrhyw* beth tisio neud i chdi dy hun...'

'Dwi yn, mêt. O'n i allan ar y beic wsos dwytha, *sixty miler*. Lyfli.'

'Pric,' oedd yr unig beth fedrai Llion feddwl amdano'n ateb.

Rhys oedd ar y blaen bellach, yn nadreddu tua chefnen lle'r oedd y llethr yn dechrau gwastatáu. Daliodd ei ddwylo wrth ei ystlys ac ochneidio ac anadlu'n ddyfn fel tasa fo mewn adfyrt, a chodi llaw at ei dalcen gan edrych o'i gwmpas.

'Ffoc, bois. Sbïwch. 'Dan ni'n byw mewn lle ffocin *amazing* yndan.'

Cywirodd Llion o'n sarrug, 'Dach *chi* yn.'

'A ia. Sori, Llion.'

'Pam ffwc nesh i symud, d'wad? Ti'n gwbod be sy'n gwylltio fi, cyn lleiad esh i gerddad pan o'n i'n byw 'ma.'

'Nyts yndy,' cydymdeimlodd Rhys, 'dwi'm yn mynd digon amal 'de.'

'Na fi chwaith,' cyfaddefodd Cynon. 'Sbia ddo.'

★

Toc roedd y tri wedi dechrau cael eu traed mynydd danyn a'r golygfeydd yn ymagor efo'u hysgyfaint. Ymlaciodd y tri i gwmni'i gilydd wrth gael synnwyr o bersbectif, o foddio awch am lefydd uchel, a'r byd yn dechrau edrych fel map yn lle fel twnnel.

Rhwng anadliadau, cynigiodd Rhys, 'Ti'n gwbod be 'de... ma Moel Hedog 'ma'n fynydd *underrated* 'de.'

'E?' Hanner chwarddodd Llion a'i wên yn lledu. 'Deud hynna eto!'

Yn ddifynadd ailadroddodd Rhys, 'Moel Hedog.'

'Ha-ha, o'n i'n meddwl am funud bo' chdi 'di deud Moel *Hedgehog*!'

Cynigiodd Cynon, 'Ddim Moel Hebog ydy o?'

'Naci. Moel Hedog, ia? Efo D?' petrusodd Rhys.

'Moel Hebog ydy o'r pric gwirion!' heriodd Llion gan ei fwynhau ei hun.

Yn bwyllog drachefn cynigiodd Cynon, 'Ma Llion yn iawn sti, Rhys. Hebog ydy o. Eryr, Eryri, hebogiaid, ti fyny efo'r adar – ma'n amlwg, dydy.'

Ond mynnu wnâi Rhys: 'Dach chi'n rong, bois.'

Roedd y tri o fewn cyrraedd i'r copa erbyn hyn, ond â'r llethr yn serth eto nes bod rhywun yn colli golwg ar y llwybr o'i flaen. Os dowch chi i lawr yr un ffordd wedyn, mi welwch y trac cyn gliried â'r dydd a chicio'ch hun am fethu ei weld ynghynt: ond ar y ffordd i fyny mae'r gorwel yn dwyllodrus ac yn gallu'ch hel ar hyd llwybr defaid, at ddibyn neu ddifancoll. Gofal oedd pia hi, a llaw ar garreg bob hyn a hyn i'ch sadio'ch hun. Doedd o'n ddim i'r ddau arall, wrth gwrs, a'u coesau hirion.

Yn betrus, wedi rhyw bum munud arall, holodd Llion, 'Cynon, ti'n siŵr mai ffor'ma ydy'r ffor' iawn?'

'Llion, does 'na'm "ffor' iawn", ocê.'

'Oes tad, sbia. Honna fan'na.' Amneidiodd Llion at lwybr gwyrddach, llai serth a nadreddai heibio i'r daith fwy uniongyrchol roedden nhw arni. Roedd golwg fwy hamddenol o'r hanner ar lwybr Llion.

'Jyst am bod 'na rywun 'di bod ffor'na o blaen, dydy o'm yn deud na honna ydy'r ffor' iawn, na'r unig ffor',' oedd darlith swta Cynon.

'Ddim jyst "rhywun"; ond pawb. Pawb call eniwe – ne 'sa fo'm 'di troi'n llwybr, na f'sa!'

'Defaid sy'n dilyn ei gilydd heb feddwl, dim pobol. A 'sa'r llwybr yna'n gallu bod yn llwybr defaid eniwe!'

'Ers pryd ma defaid yn gwisgo —' plygodd Llion i insbectio print esgid yn y mwd o'i flaen – 'Scarpas efo gwadna Vibram?'

'Cinel, stopiwch ffraeo,' torrodd Rhys ar eu traws, 'ne fyddwch chi 'di mynd dros dibyn heb sylwi fatha defaid.'

'Meeeeeeeee!' oedd ateb Llion.

Ei anwybyddu wnaeth Cynon: safodd, meddwl, a dweud mewn ffordd lawer rhy resymol a mesuredig,

'Dwi jyst yn meddwl bod angan i ni neud dipyn mwy o *progress* cyn cinio – ma'i bron yn hannar dydd yn barod a ma'r llwybr yna'n mynd â ni rownd ffor' hir.' Roedd Cynon wastad yn gorfod bod yn iawn. Fel arfer gallai Llion fyw efo hynny, ond heddiw roedd iawndod Cynon yn dechrau mynd ar ei nerfau am ryw reswm.

'Cynon, ti'n gwbod na dyna ti'n gal efo fi, ocê. Boi tew slo sy'n licio gwerthfawrogi'r *views* wrth fynd. Tasa chdi'n cal dy ffor', 'swn i mond yn sbio ar 'y nhraed holl ffor' rhag ofn fi slipio. Ti'n gwbo pa mor brin ydy hyn i fi?'

Ond heb aros eiliad yn hwy, i ffwrdd â Cynon ar hyd ei ddewis lwybr, gan adael y ddau arall o'i ôl. Edrychodd Rhys yn drugarog ar Llion, ac aros amdano gan hanner gwenu, a'i wylio'n stryffaglu â'i fag.

'Be sy'n bod arna fo heddiw?' mwmiodd Llion.

'Dwn i'm, ia.'

*

O'r diwedd daeth chwipiad o wynt dros y drum i gyhoeddi eu dyfod i'r copa. Wedi'r lluniau angenrheidiol wrth y *trig point*, dyma gilio i boced fach o dwmpath rhag gwaethaf y gwynt, a pharcio'u tinau ar y gwair gwlyb, gan ofalu peidio â chyffwrdd na bag na llaw â chachu defaid. Ac wele gychwyn ar y gystadleuaeth ddieiriau rhwng y tri, wrth i'r naill a'r llall dynnu stepan drws o frechdan allan efo'r trimings i gyd arni, neu *sharing bag* o greision, neu homar o borc pei.

'So deutha fi eto 'ŵan,' setlodd Llion i'w rigol. 'Lle gest ti'r syniad 'ma, Rhys?'

'Pa syniad?'

'Y syniad ma enw go iawn Moel Hebog ydi "Moel Hedgehog".'

'Ffoc sêcs, Llion, Hedog, ddim Hedgehog!'

'Be ddiawl ydy hedog ddo?' daliodd Llion i styrio.

Cynigiodd Cynon hefyd ei farn bwyllog, 'Hebog yn neud sens, dydy. Lle i adar hedfan.'

'Ia yn hollol: ddim hedog oedd o'n wreiddiol. *E*-hedog.'

'Be, fatha *e*-bost?' Roedd Llion yn haeddu'r swadan a gafodd am honna.

'Ha-ha. Fatha, hedfan 'de. *Flying*,' meddai Rhys yn araf fel petai wrth un o'i ddisgyblion mwya dwl.

Stopiodd y ddau arall ar ganol cnoi i feddwl am hyn.

'Eitha licio honna,' cynigiodd Cynon, yn bwyllog drachefn, ac roedd rhaid i Llion hefyd addef,

'Duwcs. Pan ti'n roi o fela...' Dechreuodd Llion stwffio'i becyn creision a'i graidd afal i'w gilydd, a chyhoeddi, ''Na i jecio'r llyfr heno.'

'Pam? Ti'm yn coelio nain fi?'

'Be sgin dy nain i neud efo'r peth?'

'Nain fi 'de. Hi ddudodd wrtha fi.' Roedd nain Rhys yn hanu o Feddgelert, a ddim ond wedi symud i'r dre ryw ddeng mlynedd ynghynt ar ôl i'w daid farw.

'Dowcs. Difyr,' cysidrodd Cynon. 'Ti'n meddwl 'sa gynni hi fwy o storis ac enwa a ballu?'

'Fydd raid fi holi hi.'

'Duwcs,' meddyliodd Llion mewn ysbryd cymodlon, 'awn ni draw ati heno cyn cal peint ne wbath?'

'Dydy hi'm adra,' eglurodd Rhys yn syth. 'Ma hi'n sbyty.'

'Ers pryd?'

'Ryw dri dwrnod? Nath hi syrthio yn tŷ.'

'A, shitar,' cynigiodd Cynon.

'Ti 'di bod i'w gweld hi?' triodd Llion.

Atebodd Rhys â'i olwg ar y gwair wrth ei draed, 'Wel, o'n i fod i fynd heddiw.'

'Blydi hel, pam 'sa chdi 'di mynd!'

'O'n i'm yn mynd i golli dwrnod o fynydda, nag o'n! A chditha 'di dod adra'n sbesial, Llion. Yr ogia.'

Cododd Cynon ei ben i sbio arno. 'Chwara teg i chdi, Rhys.'

Styriodd Rhys a dechrau hel ei bethau i'w fag. 'Ella a' i i weld hi heno'n sydyn a joinio chi am beint wedyn, os dach chi'm yn meindio?'

'Na 'dan siŵr. Well chdi neud, yndy.'

'A cofia ddeuthi bo' ni 'di bod fyny Moel Hedgehog 'de,' ychwanegodd Llion.

'MOEL HEDOG!'

Rhaid i bopeth da ddod i ben, ac wedi'r ymfrechdana a'r ymgreisiona, a'r ddefod o basio'r Strawberry Laces o'r naill i'r llall fel pe baen nhw'n tynnu byrra'i docyn, dyna godi oddi ar eu heistedd ac ymgynefino drachefn â pha goes yn union oedd yn dechrau brifo, pa bothell oedd ar dyfu neu ar fyrstio islaw yn yr esgid, a brysio i ddechrau symud eto er mwyn cynhesu'r chwys oer oedd rhwng côt a chefn. Ac wrth gwrs yr hyn a â i fyny, rhaid iddo ddod i lawr, a dyna'r adeg mae rhywun yn dechrau dymuno am ryw fath o bont grog rhyngddo a'r copa nesaf, gan eu bod yn gwybod y bydden nhw'n ôl ar ddringfa eto ymhen hir a hwyr. Dyna'r gwaith caib a rhaw roedd yn rhaid ei wneud bellach wrth ddisgyn i'r bwlch a chodi drachefn at ail gopa'r dydd, Moel yr Ogof.

Cysidrodd Cynon, 'Sôn am darddiad ac ystyr a ballu 'de... ddim rownd fama rwla ma ogof Owain Glyndŵr?'

'Cliw yn yr enw fan'na, Cyn... ar lethra Moel yr *Ogof* ella?' Roedd Llion yn dal i drio penderfynu faint o haenau i'w gwisgo ac yn stryffaglu i gael ei fag yn ôl ar ei gefn.

'Ocê, dyn y ddinas. Diolch am ddod i addysgu ni'r *local bumpkins*,' meddai Cynon braidd yn rhy sarrug.

'Waw, jyst jocsan!'

Stopiodd Cynon i feddwl am eiliad ac edrych ar lwybr gwannach oedd yn gwyro i lawr tua'r dde ac at ddibyn. 'Be am fynd i chwilio amdani?'

Teimlodd Llion ei stumog yn rhoi naid yn syth. ''Ma ni...'

Ond roedd llygaid Rhys yn fflachio'n barod: 'Iaaa.'

'Siŵr bo' fi 'di gweld wbath ar y map gynna – wbath digon tebyg i dwll —'

'O, honna ydy'r ogof garantîd 'lly,' gwawdiodd Llion.

'Rownd i'r ochor yna fan'na.'

'Be, y *sheer cliff face* 'na? Ia, awê ia.'

'Fydd 'na shilff neu ffor' o basio dros graig, siŵr... Hen ddigon o le i ddefaid tew 'tha chdi!'

Teimlai Llion y rhwyd yn cau amdano. Dechreuodd y geiriau 'heuristic trap' chwyrlïo o amgylch ei ben. Meddyliodd am y car cynnes braf, y pyb, hen wely ei blentyndod yn nhŷ ei rieni... ei fab 'nôl yn y ddinas. Ond roedd Cynon eisoes wedi troi ar ei sawdl ac yn arwain y ffordd ar hyd ymyl y mynydd. Pwysodd a mesurodd Llion y dewis yn ei ben, tynnu anadl ddofn, a dilyn. Cadwodd Rhys efo fo'n hamddenol, chwarae teg iddo, a gadael i Cynon wneud y gwaith chwilota.

'So, Rhys, sut ma'r tŷ newydd yn mynd?'

'Class, sti. Dwi'n lyfio *wood burner* 'de. Mynd drw lot o logs.'

'Sut ti'n ffindio byw efo Gwenno?'

'Ai, *class*.'

'Ti'n gwbod be, 'de, o'dd Siân bron â mynd yn nyts pan nathon ni symud fewn efo'n gilydd gynta.'

'Ai, ma 'na rei petha 'de. 'Tha, ella bo' gynna fi bag o Haribos ne wbath a dwi'n rhoi o lawr ar soffa. Dwi'm 'di bod pum munud a ma'n diflannu i'r bin!'

'Papur dwi'n gadal bob man,' addefodd Llion. 'Llythyra. *Receipts*.'

'Ti'n siŵr ma hwn ydy ffor', Cynon?' gofynnodd Rhys ar ei draws.

'Bron yn siŵr. Chydig bach eto ar hyd y *ledge* 'ma, dwi'n meddwl.'

'O, so be, ma *Rhys* yn cal gofyn hynna, ond os dwi'n cwyno dwi'n nob?'

'Llion, jyst cau hi am funud, iawn!'

'Dwi'n meddwl bo' ni'n rhy isal, sti,' cynigiodd Rhys, fel tasa fo a Cynon yn rhieni a Llion yn blentyn bach cwynfanllyd i'w anwybyddu yn y cefn.

'Naa...'

Mentrodd Llion, 'Tgo be, Rhys, 'ŵan bo' chdi'n sôn, o'n i'n siŵr bo' fi 'di gweld ryw droead oedd yn mynd efo ochor y graig ryw bum munud 'nôl?'

'Do?'

'O, dwn i'm...'

Dechreuodd Rhys laru. 'Iawn. Lle 'dan ni ar y map?'

'Map?' holodd Cynon.

'O'n i'n meddwl bo' chdi 'di dod â map?'

'Wel, do. Ond ma'n gwaelod bag...'

'Tynna fo allan 'ta!' gwaredodd Llion.

'Dwi'm rili'n siŵr sut i ddarllan o eniwe...'

'Be ydy hwnna fyny fan'na 'ta?' Amneidiodd Llion i fyny'r clogwyn serth, ac yno tua chan metr uwch eu pennau roedd ceg ogof eithaf amlwg, wedi ymddangos mwya sydyn fel pe bai drwy hud.

'Ffoc sêcs,' oedd ymateb Rhys.

Ac am y tro cynta'r diwrnod hwnnw roedd rhaid i Cynon addef ei fod wedi'i drechu. 'Ia 'fyd. Damia.'

Safodd y tri gan edrych o'u cwmpas a dal eu gwynt, fel pe baent yn disgwyl i ryw ysgol hud ymddangos hefyd i'w cario i fyny yno.

Cododd Cynon ei sgwyddau. 'Strêt fyny 'ta, ia?'

'E?' ebychodd Llion, dipyn yn rhy wichlyd am ddyn yn ei oed a'i amser.

'C'mon, sgrambl bach. Fydd o'n hawdd.'

'Ffwc o beryg.'

'Pum munud a fyddan ni yna!'

'FFWC o beryg medda fi. Dwi'n dad 'wan sti, goro meddwl am 'y nheulu!'

Roedd coes Llion wedi dechrau crynu yn annibynnol ar weddill ei gorff.

'Claen.'

'Claen Llion,' ategodd Rhys, 'fydd o'n iawn, dim gwaeth na North Face Tryfan ne wbath.'

'Ewch chi os dach chi isio, dwi'n aros fama.' Edrychodd y ddau arall ar ei gilydd gan ddechrau laru. Ond roedd Llion yn bendant. 'Dwi'm yn ffocin symud! Ewch chi, a wela i chi rownd ochor arall.'

*

Sut ar y ddaear, felly, meddyliodd Llion, y canfu ei hun yn ymbalfalu rhwng troedle a gafaele, a dim ond yr affwys islaw, a'r gwynt yn dechrau chwipio a'r cymylau'n rhuthro i mewn, gwta ddeng munud yn ddiweddarach? Doedd ganddo ddim ateb. Ceisiodd ei dawelu ei hun a stopio'r cryndod yn ei fysedd a'i ben-glin, ac ailadrodd wrtho'i hun 'three points of contact, three points of contact'. Ceisiodd ei argyhoeddi'i hun, pe bai'r tywydd heb newid, pe bai'r haul yn tywynnu, na fyddai hyn yn poeni dim arno. Ceisiodd ei hydreiddio'i hun ag ymdeimlad o hwyl, o antur, o ymdaflu i'r funud, o gymryd naid ffydd a naw wfft i'w ffawd, fel rhyw fonheddwr o gymeriad yn un o ddramâu Saunders. Ond i'w ben daeth delwedd ennyd o'i gymar, Siân, a'i fab bach, ac aeth ysgryd i lawr ei gefn. Bu ond y dim iddo rewi'n y fan: fe'i gorfododd ei hun i lusgo'i gorpws truan i fyny'r graig, ymladd pob greddf i gadw'n llonydd, a thorri pob rheol wrth dynnu'i ben-glin yn lle blaen ei droed i fyny ar silff o graig.

Ymbalfalodd yn dra anosgeiddig, a chyrraedd rhyw fath ar ddiogelwch. Roedd y ddau arall ymhell o'i flaen, uwch ei ben, a chrymedd wyneb y mynydd bron â'u dwyn o'r golwg yn llwyr.

Erbyn iddo ddal i fyny â nhw, roedd pethau dan draed wedi esmwytháu, a'r tir yn teimlo fymryn yn sadiach drachefn. Ond roedd y tywydd wedi newid yn llwyr: yn lle awyr las, golygfeydd godidog a llonyddwch, bellach roedd niwl trwchus, a gwynt yn nadreddu drwyddo gan chwipio glaw mân y cwmwl i wynebau'r tri. Doedd dim golwg o ogof yn unman, ac roedd Llion yn dymuno cael atebion.

'So, syniad pwy oedd y *diversion* 'ma eto?'

'A, claen,' meddai Rhys drwy wyneb dewr. 'Hyn yn rhan o'r peth, dydy!'

'Yndy, y rhan shit. A rŵan bod 'y mhenglinia fi'n nacyrd a bo' fi allan o ddŵr 'swn i'm yn meindio y llwybr mwya *direct* 'nôl at y car plis. Cym *bearing* os tisio a ddilynwn ni lein strêt, jyst dim mwy o rwdlian yn chwilio am ogofâu.'

Fel arfer byddai Cynon yn derbyn holl dymer ddrwg Llion yn llawen, ond y tro hwn stopiodd yn ei unfan a throi ar ei sawdl i'w wynebu: 'Ti'n gwbo be 'de, ti'm 'di gneud dim byd ond cwyno drw dydd.'

'Fysa'm raid i fi tasa chdi'm mor bengalad.'

'Pengalad? Chdi nath ddewis y mynydd gwyrdd *boring* yma, 'swn i 'di mynd am sgrambl fyny Llech Ddu!'

'So be, dwi'n dal chdi'n ôl eto, yndw?'

'Wyt!'

'Cynon, dwi jyst ddim efo'r un syniad am fynydda â chdi. Dwi'm yma i hongian off graig, dwi'n licio cymyd 'yn amsar, sbio o gwmpas, gwerthfawrogi, meddwl am y peint ga i wedyn...'

Oedodd Cynon, a bu ond y dim iddo droi i ffwrdd a dechrau cerdded drachefn. Ond yna'n dawel, meddai, 'Ti'm efo'r un syniad â fi am be ydy bod yn ffrind chwaith, nag wt...' bron fel pe bai'n ymddiheuro am ei ddweud wrth iddo'i yngan.

Llyncodd Llion ei boer a chwerthin. 'E?'

Difarai Cynon yn syth. 'Motsh.'

Ceisiodd Rhys dawelu'r dyfroedd ond mi wyddai'n well na thrio go iawn. Aeth ar ei liniau a thyrchu i'w fag, gan estyn hen fap crychlyd a chwmpawd oedd ar fin disgyn yn ddarnau. Daliodd y map ar ei ben-glin, codi'i ben i edrych tua lle byddai'r gorwel, pe na bai niwl; crychu'i dalcen, ac edrych i lawr eto. Yna cododd oddi ar ei liniau a dechrau crwydro'n ddiamcan yr olwg drwy'r niwl, ei gwmpawd o'i flaen fel lantern.

Doedd Llion ddim am adael i bethau fynd: 'A eniwe, be ffwc ma hynna fod i feddwl, bo' fi'm yn gwbo sut i fod yn ffrind? Dwi'm 'di siarad efo chdi ers misoedd a 'ŵan ti jyst yn deud hynna allan o nunlla…'

Ochneidiodd Cynon, oedi, yna, 'Ti'n dad, wyt?'

'Ffocin yndw, diolch am atgoffa fi, o'n i 'di anghofio am funud.'

'A dwi ar fin bod yn dad. 'Sa 'di bod yn neis cal bach o dips, cyngor…' Ac oedd, mi roedd Cynon yn edrych fel pe bai wedi'i frifo go iawn am eiliad.

Doedd Llion ddim wedi'i argyhoeddi. 'O be, am *hynna* ti'n *pissed off*?'

'Wel, ia a na.'

'Cynon, dwi'n dechra mynd yn *freezing* fama, ocê. Un ai deutha fi be sy'n bod neu stopia fod yn gymaint o *drama queen!*'

'Bois, dwi'n meddwl ma —' Ond doedd waeth i Rhys ddim.

Torrodd Cynon o'r diwedd. 'Mae 'di deutha fi, ocê. Dwi'n gwbod.'

'Deud be? Pwy?'

'Meinir. Dwi'n gwbod.'

Roedd hi'n ddistaw rhwng y ddau ohonynt. Tu

hwnt i amheuaeth bellach. I be oedd hi isio deud, a'r cyfan wedi golygu cyn lleiad be bynnag ac mor bell yn ôl? Eto i gyd, triodd ddal i balu.

'Gwbod, gwbod am be?' Ond mi oedd o'n crynu rŵan yn sicr, a'r chwys rhwng ei gôt a'i gefn yn rhewllyd.

'Yn coleg. Pan 'nest ti ddod i aros efo fi ar dy flwyddyn allan.'

Un tro arall i actio'r ffŵl diniwed, i wneud jôc, i weld fysai Cynon yn camu'n ôl o'r dibyn: 'Be, bo' fi 'di piso'n hun yn sach gysgu chdi, wedyn rhoi o'n ôl yn cwpwr? Yli, 'na i brynu un newydd i chdi —'

'Amdana chdi'n copio off efo hi.'

O wel, dim diniweidrwydd mwyach na chamddeall. Roedd o wedi'i ddeud. Saib hir rhyngddynt a dim i'w glywed ond ôl traed Rhys, yn dal i grwydro a chwilio, yn oedi a bactracio, yn agos agos atynt ond eto'n hollol anwel.

'Ti am ddeud wbath 'ta?' holodd Cynon, yn dawel o flin. 'Gwadu fo?' triodd Cynon eto.

'Cynon, alla i... O'n i'n mynd i —'

'Nathon ni gytuno, Meinir a fi. Cyn i'r babi ddod. Dim sicrets. Bob dim ar y bwr', cardia lawr. Neud saff bod o neu hi yn cal ei fagu mewn tŷ cariadus gonast. Ffocin el. O'n i'n disgwl clwad bod hi 'di cal ryw ffling ar hen dw Elin, ella, Steddfod neu Royal Welsh, neu'r tro 'na pan nath hi *speed* yn *sixth form* a strîcio drw caea tair ffarm wahanol. Ond *chdi*? Ffoc sêcs, Llion, mêt gora fi!'

'Cyns, go wir, o'n i isio deud ar y pryd, odda chdi'm i weld mor siriys â hynna amdani adag yna a —' Oedd Cynon am ffrwydro? Roedd o'n cochi. Teimlai Llion yn oerach byth a gwareiddiad ymhell bell i ffwrdd. Ymbalfalodd yn ei flaen drwy'i esgusodion fel drwy niwl trwchus. 'A wedyn wrth i amsar fynd mlaen ac i chi setlo lawr a... oedd o jyst ddim i weld rili mor, mor bwysig â hynna —'

'Pwysig! 'Nest ti ista yna, drw priodas fi!'

'Mêt, go wir, dwi'm yn gwbod be i —'

'Bois. BOIS!' Llwyddodd Rhys o'r diwedd i dorri ar draws a rhoi taw ar y llifeiriant. Safai Llion yn gegrwth. Cynon, yr hogyn hirben, pwyllog, doeth: yn wyllt gacwn, yn berwi ag o. Doedd o erioed wedi gweld hyn o'r blaen. Ei wythiennau'n dangos a'i figyrnau'n wyn, wedi'u gwasgu. Diolchodd Llion yn dawel am wynt y mynydd rhyngddynt. Tawelwch, a sŵn hedydd yn codi i rywle. Edrychodd Rhys arnynt o'r naill i'r llall, a bron na theimlech ei fod eisiau camu i'r bwlch rhyngddynt fel reffarî mewn ffeit.

'Dwi'm isio clywad mwy am hyn! Ddim top Moel Hebog ydy'r lle i sortio fo.'

'Ym...' dechreuodd Llion.

Cododd Rhys ei law, yn gwybod ei fod wedi cam-ddweud. 'Moel Hebog, Moel Hedog, Moel ffocin Hedgehog, dwi'm yn cêrio, ocê! Cyfan dwi isio neud ydy cal lawr o'r bastad peth, be bynnag ydy'i enw fo, a tra oddach chi'n bitshslapio'ch gilydd dwi 'di ffindio'r *bearing*! So cadwch 'ych shit tan pyb wedyn, pigwch 'ych bagia fyny, a dowch ffor'ma efo fi cyn i bôls fi syrthio ffwr' yn yr oerfal 'ma.'

Heb oedi eto martsiodd Rhys i ffwrdd. Wynebodd y ddau arall ei gilydd, ond gan fethu edrych i lygaid ei gilydd. Syllodd y ddau tua'r llawr, ac ar ôl eiliad, codi'u pac yn ffwr-bwt a throi i ddilyn Rhys.

*

Hanner awr yn ddiweddarach, roedd tymer pawb wedi gostwng efo'r uchder, a phennau chwil y mynydd yn dechrau cŵlio. Roedd y tri wedi disgyn yn chwimwth hyd lethr o wair a throedleoedd mawnog wedi erydu, ac yn ymlafnio bellach drwy frwgaitsh a brwyn a choedwig. Rhys oedd yn gadarn ar y blaen, yn eu harwain drwy redyn hyd at eu pengliniau, a'i gwmpawd fel ffagl o'i flaen. Oedai bob hyn a hyn i gywiro'r cyfeiriant ac i wirio'r map.

'Ddim yn bell 'ŵan, bois.'

'Traed fi'n socian.'

''Swn i'n chdi 'de, Llion —'

'Dim cwyno. *Gotcha*.'

'Fydd peint yn dda, Rhys,' cynigiodd Cynon a'i lais yn trio dangos ei fod yn ddi-hid, yn siriol hyd yn oed.

'O, ti'n gwbo be 'de, a byrgyr. Byrgyr dwi am gal.'

'Mond hynna sy'n cadw fi fynd 'ŵan,' mentrodd Llion

'Sgin rywun signal?' holodd Cynon. Roedd ei ffôn yn boeth yn ei boced a gwyddai y byddai Meinir am gael ripórt yn o fuan. 'Dwi'm 'di bod efo signal ers top Moel Heb— Moel Hedog.'

'Na, dim byd. Dim hyd yn oed 3G,' meddai hogyn y ddinas.

Ar hyn ymbalfalodd Rhys am ei ffôn yntau, gwasgu botwm i ddeffro'r sgrin, a stopio'n stond nes bu bron i Llion a tharo mewn iddo.

'A, shit.'

'Be?'

'Gynna i bump *missed call* gin Dad,' meddai Rhys yn araf.

'A, shit.'

'Dach chi'n meindio?' Gallai Llion a Cynon weld y cryndod yn ei wefus yn barod.

'Na 'dan, siŵr. Awn ni mlaen,' a chymerodd Llion y map a'r cwmpawd oddi ar Rhys a thrampio yn ei flaen, Cynon o'i ôl, a'r ddau a'u pennau i lawr. Clywson nhw ben y sgwrs ond wedyn pylodd llais dwfn Rhys i ddistawrwydd a daeth su'r gwynt drwy'r coed a'r boncyffion yn gwegian yn ei le. Felly yr aethon nhw yn eu blaen am dipyn.

O'r diwedd triodd Cynon, 'Be ti'n recno?'

Stopiodd Llion, a throi i'w wynebu. 'Ti'n gwbo be 'de, dros beint yn munud, go wir 'wan, 'na i —'

'Na na. Rhys. Y *missed calls*.'

'O. Dydy o'm yn swnio'n dda, nadi.'

''Sa chdi'm yn ffonio pump gwaith i ddeud bod hi 'di byta'i chinio, na f'sachd.'

Yn eu blaen mewn tawelwch â nhw, nes iddynt glywed siffrwd drwy'r rhedyn a Rhys yn loncian i ddal i fyny â nhw. Trodd y ddau arall heb air, ac edrychodd Rhys yntau'n ôl arnynt. Cododd ei ysgwyddau'r mymryn lleiaf: dim yn tycio.

'A, shit.'

'Dwi'n sori, mêt.'

'Ma'n iawn.'

'Ddylsa bo' ni heb dragio chdi fyny yma heddiw,' protestiodd Llion.

'Dim byd o'n i'n gallu neud iddi, nag oedd. Dim byd oedd neb yn gallu neud.'

'Ia, ond dal…'

Cipiodd Rhys y map a'r cwmpawd oddi ar Llion, ac estyn ei wddf fel pe gallai weld y maes parcio o'r union fan. 'C'mon. Lle ma'r ffocin car 'ma, dwch? Dwi'n gaspian am beint 'de.'

*

Roedd y Blac yn amheus o dawel, ond toeddan nhw ddim am fynd i gwyno. Mynd yn ffradach rhwng popeth wnaeth y plan i gael un sydyn yn syth o droed y mynydd mewn tafarn hynafol ddiarffordd. Yn lle hynny cytunwyd i bob un fynd ei ffordd ei hun a chael cawod, a Rhys i fynd i wneud ei ddyletswydd, ac yna byddai ailymgynnull toc ym mar y Blac, rhywfaint o ffresni rhyngddynt a'r mynydd, a chyfle am ddau neu dri neu chwech neu saith. Roedd y barman yn ymddwyn fel petai'n eu nabod, ac yn ychwanegu peint slei at y rownd bob hyn a hyn. Oedd Llion yn ei gofio o'r ysgol? Doedd o ddim yn siŵr, ond eto, doedd o ddim yn cwyno. Dalient i daflu cip at y drws bob hyn a hyn, yn dal i aros i Rhys daro'i ben i mewn a rhoi hergwd i'r sgwrs. Rhyw ddadansoddiad dwfn o ffaeledigrwydd Cristnogaeth orllewinol, neu hanesyn gorfanwl am un o goncwestau dyddiau coleg fyddai hi fel arfer, ond heno mi fyddai hyd yn oed cael clywed hanes trist ei nain ganddo yn fodd o dorri ar y distawrwydd presennol. Wynebai Cynon a Llion ei gilydd, y naill bob ochr i'r bwrdd fel petaent yn trio hawlio'r mwya posib o le rhyngddynt, rhag ofn i'r lle brysuro mwya sydyn ac i rywun drio dod i hawlio stôl neu ochr bwrdd. Am unwaith, diolchodd Llion yn dawel am nadu'r jiwcbocs i lenwi'r distawrwydd.

'So, be 'ŵan?' mentrodd.

'Wel, ti'n mynd 'nôl fory, wyt? Faint o gloch?'

'Na… hynna gynna 'de.'

'Anghofia fo, sti.'

Magodd Llion blwc i godi'i olygon oddi ar ei beint a sbio i lygaid ei ffrind.

'Cynon, dwi'n rili sori.'

''Dan ni'm gwaeth, na 'dan.'

'Fyddi di'n lyfio bod yn dad, sti,' hanner gwenodd Llion.

Gwenodd Cynon hefyd. 'Dwi methu disgwl. Cachu'n hun 'de.'

'Ai, mae o reit shit 'de,' rhesymodd Llion. 'Ond ma'n *class* hefyd. Rili *class*.'

'Fydda i angan lot o dips!'

Chwythodd Llion allan trwy wefusau cau. 'Ti'n gofyn i'r boi rong fama. Neud o fyny wrth fynd mlaen, a 'swn i ar goll heb Siân.'

Rhedodd Cynon ei law drwy ei wallt a chrafu cefn ei ben. ''Swn i ar goll heb Meinir 'fyd.'

'Aros tan ma'r babi'n landio!'

Hanner gwenodd Cynon eto, a chymerodd y ddau ddrachtiaid yr un o'u peint.

'Go wir, fyddi di'n swpyrb.'

'Gawn ni weld. Gawn nhw ddod efo ni tro nesa! 'Nest ti sbio yn dy lyfr am yr enw 'na wedyn? Hebog/ Hedog?'

Ar hynny, pwy gyrhaeddodd o'r diwedd a'i lygaid yn neidio a'i feddwl yn dal yn rhywle arall ond Rhys. Cododd Llion o'i sedd, a difaru'n syth wneud y fath ystum ffurfiol. Pam na 'sat ti'n ysgwyd ei ffocin law o tra ti wrthi...

'Rhys. Be gymi di?'

'O diolch. Peint. Gaspian.' Roedd golwg bell ar Rhys. I ffwrdd â Llion tua'r bar i godi rownd.

'Sud o'dd pawb?' holodd Cynon wrth i Rhys sodro'i hun a'i gefn at wal y dafarn.

'Fatha *ma* pobol 'de.'

'Dwi'n sori, Rhys.'

'Ma'n iawn. Dydy'i choes hi'm yn brifo 'wan, nadi,' ceisiodd wenu. 'Er, ma rhai fi'n lladd 'de. Peint sortith fi.'

''Sa hi'n *chuffed* bo' chdi 'di bod fyny Moel Hedog, bysa.'

'O, oedd hi'n gwbod. O'n i 'di tecstio'i neithiwr.'

'Reit dda.'

'Nesh i ddeuthi 'wan 'fyd, am y Moel Hedgehog.

'Swn i'n taeru bo' fi 'di gweld hi'n gwenu chydig.'

'Siŵr bod hi, rwla.'

Cyrhaeddodd Llion yn ei ôl at y bwrdd, a thripheint am ei drafferth. ''Ma chi, bois. Well fi beidio cal gormod, angan mynd 'nôl reit handi fory. Iechyd.'

'Iechyd,' ameniodd Cynon.

'I Nain, Moel Hedgehog, a babis,' datganodd Rhys. A drachtiodd y tri yn hael a helaeth.

Ella mai dyna ydy dod adra. Dod i fyny er mwyn cael mynd i fynydd. Ac ella nad y mynydd gwag oedd y peth mewn gwirionedd, neu nid yr unig beth, ond dod hefyd at le sy'n llawn hen gariadon, neiniau a theidiau'n marw, a mynd am beint efo ffrindiau sy wastad yn ffrindiau. Dod i le lle mae ysbrydion yn byw o hyd. Eto i gyd, roedd rhywbeth yn Llion oedd eisoes yn falch, yno ym mar y Blac y noson honno, y byddai'n troi trwyn y car, drannoeth, yn ei ôl i lefydd mwy... fflat. 'Nôl at ei 4G a'i Nandos, a'i stryd lle nad yw'n nabod fawr neb. At ei wraig a'i hogyn bach.

Ond gwyddai na fyddai'n hir nes deuai'n ei ôl drachefn.

LÔN

MARGED TUDUR

Rhyw lôn basio drwadd ydy hi,
rhyw lôn nad oes neb cweit
yn cofio dreifio drwyddi,

lle mae'r ferch yn ei jaced ledar ddu
a'i *headphones* yn gigio ar y gornel,
gan orfodi'r rheiny wrth y golau traffig

i edrych tu hwnt i goncrid a phenolau ceir.
Rhyw lôn sy'n denu'r dydd i'w phoced:
yn focs Happy Meal a chyfarth cŵn,

yn dywod Aberystwyth o deiar moto-beic,
yn damaid o edau crys Legia Warsaw.
Rhyw lôn sy'n pipian ar sgrin WhatsApp

ac yn cymell bys i yrru un galon goch
i ddilyn y tacsi â bolard Asda yn dolc
uwch ei olwyn ôl, tra bo' criw'r sêt gefn

eisoes yn pwyso wrth y bar sy'n simsanu
dan wydrau, modrwyau a llygada'n cydio.
Rhyw lôn sy'n dallt yn iawn ei bod hi'n

y gadair ger y ffenest yn ffitio hanner awr
i gwpan ei dwylo cyn codi a thendio eto
ar y llais fyny grisiau. Rhyw lôn

sy'n sgwyddo bagiau ysgol a *kebab*
a ffyrc mewn *garlic mayo* ac yn eu dal
wrth iddyn nhw gamu o'r neilltu

a gadael i'r hen ŵr a'i ffon fenthyg y pafin.
Rhyw lôn rhwng cyffordd a chylchfan,
rhyw lôn basio drwadd. Dyna i gyd.

BREGUS

CIARAN FITZGERALD

Mae labelau'n gallu bod yn lletchwith. Yn ôl rhai, mae'r byd wedi cael ei rannu'n gategorïau – pump, chwech neu saith cyfandir, yn dibynnu i bwy chi'n gofyn. Cant naw deg pump o wledydd, deuddeg prif grefydd, ond eto, yn dibynnu i bwy chi'n gofyn. Fel pobl, rydyn ni'n hoff iawn o arwahanu'r byd. Rhannu'n gilydd mewn i ganrannau, yn ôl grŵp, yn ôl hil, yn ôl gallu... Ond pam? Rwy'n meddwl bod e'n neud i ni deimlo'n well amdanon ni ein hunain, yn ffordd i ni ddeall y byd. Well meddwl am 'ni a nhw' yn hytrach na'r cysyniad estron yma ein bod ni i gyd yr un peth.

Ydyn ni i gyd yr un peth? Dyna'r cwestiwn. Oes mwy sy'n ein huno ni nag sy'n ein gwahanu? Weithiau rydych chi eich hunan yn datgan i ba grŵp rydych chi'n perthyn. Ffeindio'r hyblygrwydd yn eich hunaniaeth i uniaethu â pha bynnag ffordd rydych chi eisiau. Mae'n *empowering*. Dewis pa labelau sy'n berthnasol, a pha rai sy ddim. Ond weithiau, dydych chi ddim yn cael y dewis. Weithiau mae'r labelau'n cael eu taflu atoch chi, heb ddewis.

Felly, dwi'n fregus, yn ôl rhai.

A dyna pam dwi'n sefyll ar stepen y drws, yn edrych mas ar y byd eang yn cario mlaen gyda'i fusnes, tu fas i'm bydysawd bach. Digon agos i flasu'r mwg o'r ceir sy'n mynd heibio, digon agos i arogli'r blodau newydd yn tyfu yn yr ardd, ond yn rhy bell i'w cyffwrdd, i'w profi.

Y tu fas. Cysyniad mor syml, mor ddealladwy dim ond blwyddyn yn ôl, ond nawr yn rhywbeth estron, anodd i'w ddiffinio. Dwi'n teimlo bron fy mod i wedi anghofio sut mae'n teimlo i fod mas, i chwerthin, i sgwrsio, i gymdeithasu… i fyw. Y gwir yw, dwi'n teimlo bod y byd wedi symud mlaen. Gadael pobl fel fi ar ôl, i fyw mewn gorffennol parhaus, yn ceisio cadw lan, teimlo ein bod ni'n colli mas.

Clywsom bobl ar y radio yn dweud y dylen ni gario mlaen fel arfer, dyw'r feirws ddim ond yn effeithio'n ddrwg ar bobl fregus, fel petaen ni ddim gwerth. Fel petai pobl wedi cymryd yn ganiataol nad ydyn ni ddim yn cyfri. Rydyn ni wedi diflannu i'r cefndir, yn anweladwy nawr i'r gymdeithas ehangach. Yn fwy anweladwy. Y gwir yw, rydyn ni wastad wedi bod yn anweledig. Gorfod sgrechen, nes iddyn nhw glywed ein lleisiau swil yn gofyn am ryw friwsion ollyngwyd gan y bobl sydd â'r grym. Y bobl sydd wastad â'r grym. Dyw bodolaeth Coronafeirws heb newid yr agwedd gyffredinol. Os rhywbeth, mae wedi ei gwaethygu.

Falle fyddwn ni wastad yn anweledig? Y bobl anabl, y bobl 'fregus'. Ni sydd olaf ym meddyliau'r rhai sy'n 'cyfri', yn ôl 'nhw', ond maen 'nhw' yn gwybod yn well. Mae'r bobl sydd mewn grym yn gwybod beth sydd angen arnon ni, wrth gwrs. Dyna beth rydyn ni wedi'i ddarganfod ar ôl degawd o arweinyddiaeth yr asgell dde; ganddyn nhw mae'r grym i'n rhoi ni yn ein lle. Asesiadau diddiwedd er mwyn iddyn nhw benderfynu a ydyn ni'n 'Fit for Work'. Penderfynu a ydyn ni'n cydymffurfio â'u canfyddiadau nhw o sut mae iechyd neu salwch yn edrych. Penderfynu a ydyn ni'n haeddu mynediad i gymdeithas mewn unrhyw ffordd. Pobl yn byw mewn ofn – ofn symud, ofn anadlu, ofn neud unrhyw beth sy'n tynnu sylw.

A dyna pam dwi'n sefyll yma, yn crynu. Yr ofn yn cynyddu tu fewn i fi, nes dyw e ddim rhagor ddim ond yn deimlad mewnol, meddyliol. I'r gwrthwyneb i rywbeth diriaethol, corfforol. Mae'r crynu'n cryfhau, yn newid, yn magu ei bersonoliaeth ei hunan, yn llifo trwy afonydd fy nghorff, yn cyrraedd pob cornel cul, ac yn atgyfodi atgofion, yn egino emosiynau estron, yn trawsnewid cyfnod o gysur cymharol yn ffrwydriadau brawychus. Dwi'n ei deimlo'n llifo o 'mhen, trwy fy sgwyddau tyn, yn ystyried y cyfarwydd, ond eto'n bell o'm dealltwriaeth, a'r amgylchiadau, a'r byd newydd dwi nawr yn mentro i mewn iddo am y tro cynta.

'Ni'n mynd i'r parc, ti am ddod?'

Tecst wrth Rhys. Brawddeg oedd ac iddi ateb mor syml yn y gorffennol agos, dyw e ddim hyd yn oed yn teimlo fel gorffennol, ond eto mae'n teimlo fel degawdau neu ganrifoedd yn ôl. Fyddwn i byth wedi meddwl bod un neges, neges o gyfeillgarwch sy'n estyn cymorth, yn fy nharo i â gymaint o straen. Dyw e ddim mor syml rhagor, a dwi'n teimlo bod amynedd fy nghyfeillion yn tynhau fel gwregysau gan fod yr haf yn agosáu.

'Byddwn ni'n stopio gofyn os wyt ti'n cadw i ddweud na!'

Dim ond un cam yw e. Un cam mas drwy'r drws, ac i mewn i'r byd agored. At bobl a llefydd a gollwyd am flwyddyn. Ond mae'r un cam yn teimlo fel marathon dan yr amgylchiadau. Pob cam yn achosi pryderon am beth all ddigwydd. Ydy peryg y feirws yn gorbwyso sut dwi'n teimlo? Un cam i ffwrdd oddi wrth ryddid, ond eto, mor bell o'r normalrwydd dwi'n ysu amdano'n fwy nag erioed. Un cam i groesi'r ffin, ond eto â diffyg dyfalbarhad i gyflawni'r dasg gymharol hawdd. Un cam oddi wrth ymreolaeth, ond yr ansicrwydd yn parlysu yn yr union foment hon, yn fy ngadael i'n sownd yn yr unfan. Moyn symud, yn llawn awydd, ond heb y gallu i groesi'r stepen drws.

Mae'n seicolegol, yn fwy na dim. Yn ôl 'nhw' mae rhai pobl yn haeddu'r rhyddid, ond dyw pobl fel fi ddim. Dwi heb droseddu, heb niweidio neb, ond mae'n teimlo fel petawn i. Cael fy nghosbi am rywbeth sai'n gallu'i newid. Wedi 'ngharcharu mewn amgylchedd cyfarwydd, yn byw fel pysgodyn aur. Gwylio'r byd yn parhau o'm cwmpas, ond heb y gallu i effeithio ar unrhyw agwedd o'm bodolaeth rhagor.

Dwi'n dal i syllu mas ar y byd eang yr ochr arall i'r drws.

Ond falle mai hyn yw'r drefn naturiol? Ffordd i'n gwahanu ni eto. Dwi'n dal i edrych allan. Sai'n gwybod beth dwi'n edrych amdano, ond dwi'n edrych ymhellach i'r pellter, y ffigyrau nawr yn cymysgu i'r cefndir fel blobiau homogenaidd anniffiniadwy. Anodd gweld manylion penodol bellach, maen nhw i gyd yn edrych yr un peth. Dwi'n ysu am weld rhywbeth, unrhyw lygedyn o obaith y gallwn i gydio ynddo. Rhywbeth i gynyddu'r hyder tu fewn i fi. Ond mae'r gobaith yn marw mor sydyn ag oedd e wedi ymddangos.

Mae fy ffôn yn pingio eto, a'r neges 'Felly' gyda'i saith marc cwestiwn yn pwysleisio'r diffyg amynedd mae Rhys yn ei deimlo. Rhys oedd mor fyddlon, mor ddibynadwy, a nawr fi yw'r un sy'n teimlo 'mod i'n ei siomi. Fy mai i yw e.

Dwi'n trio ffurfio ateb. Ateb sy'n mynd i fodloni Rhys, ond hefyd un sy'n mynd i neud i fi deimlo 'mod i'n neud y peth iawn. Dwi eisiau'i gadw ar fy ochr i, ond dyw e ddim yn mynd i dderbyn fy esgusodion am byth. Felly mae gyda fi benderfyniad i'w wneud. Beth ydw i wir eisiau? A fydda i'n gallu gadael fy mhryderon i fynd a mwynhau? Mwynhau mewn ystyr 2021aidd? Anghofio am yr argyfwng rhyngwladol sydd yn targedu'n benodol bobl fel fi? Mae Rhys yn addo cadw at y rheolau ymbellhau cymdeithasol, cadw popeth yn saff. A fydd hynna'n gweithio ar ôl cwpl o seidirs…?

Dwi'n mynd i'r stafell molchi. Golchi fy nwylo unwaith, dwywaith, tair gwaith am lwc a wedyn eu gorlifo gyda hanner potel o *hand sanitizer*. Golchi dwylo eto, trio paratoi yn feddyliol, yn ogystal ag yn gorfforol. Gadael y stafell molchi, anelu'n syth at y ffin. Agor y drws ffrynt, a syllu eto, ond ceisio rhwystro'r ofn. Mae'r crynu yn dechrau eto, ond dwi'n ceisio gwthio meddyliau negyddol i ran arall f'ymennydd. Canolbwyntio ar sefyll yn yr unfan. Cofiwch, mae e'n seicolegol. Ceisio rhesymoli'r gofidion a chanolbwyntio ar fod yma, yn y foment. Bod yn bresennol. Cofio beth oedd Mam yn arfer dweud: 'Bydd wastad yn y presennol.'

Paid meddwl am y gorffennol, na beth sydd i ddod. Jyst bod yn y presennol.

Paid meddwl am feirniadaeth pobl eraill, paid canolbwyntio ar bethau tu hwnt i dy reolaeth, a jyst rho gam ymlaen. Byddi di'n saff, ond rhyddha dy ofidiau a cheisia fyw eto. Bydd yn ti dy hun eto, ac ailgymryd dy le yn y gymdeithas.

Un cam, dwi nawr rhwng dau fyd. Y byd tu mewn a'r byd tu fas. Teimlaf yr aer ar fy mochau. Yr heulwen yn tywynnu arna i, a gallaf deimlo'r gwres yn treiddio i fy nghroen sy'n noeth i'r awyr iach. Gweld byd natur yn parhau, ac anghofio'n llwyr am yr argyfwng sy'n ein hamgylchynu. Gweld y coed doeth yn sefyll yn stond ers canrifoedd. Gweld yr adar yn hedfan, yn parhau â'u normalrwydd. Anadlu mewn, heb fasg, anadlu mas, heb ofid. Dau gam. Dwy droed ar y tu fas, a bywyd y deunaw mis diwetha ar y tu fewn.

Beth dwi'n ei deimlo? Teimlo'n rhydd eto. Yn rhan o'r byd eto. Fel petai pwysau wedi cael eu codi oddi arna i. Rhyddid i fod yn fi fy hun, hyd yn oed os ydy'r cyfyngiadau'n dal i fodoli. Ydw i'n dal mewn perygl? Ydw i'n dal yn fregus? Trwy fagu hyder i ailfentro i'r byd, ydw i wedi gollwng fy mregusrwydd? Na. Yn ôl rhai, mae'r labelau'n dal i fodoli. Bydden nhw wastad yn bodoli.

Felly, ydw i'n teimlo'n fregus? A finnau i fod ar y tu

allan? Ydy'r ystrydebau hanesyddol, cyfoes, parhaus wedi bwydo i mewn i sut dwi'n teimlo? Na. Mae'r labelau'n cael eu defnyddio yn barhaol. Ond nawr, dwi'n teimlo fy hun yn gryf, nid yn fregus.

IECHYD DA!

RHIANNON LLOYD WILLIAMS

Gwelir pedair ffrind yn eistedd o amgylch bwrdd.

PAWB

Iechyd da!

Uwchben sŵn y llwncdestun, fesul un, clincia pawb eu gwydrau.
Trwy gydol y fonolog crwydra LUNED o amgylch y bwrdd yn codi props, eistedd ar glun ei ffrind, pwyso yn erbyn y bwrdd, ac yn y blaen. Rhewa'r tair arall – EMMA, ALIS, FFLUR – pan siarada LUNED â'r gynulleidfa.

LUNED

Dwi. Angen. Cau. Fy. Ngheg.

Fel *proper shut up.*

Siriys, dwi fel plentyn bach sydd, o'r diwedd, wedi ffeindio oedolyn sy'n fodlon gwrando ar y synau rhyfedd sy'n dod mas o 'ngheg.

Y synau diddiwedd, di-ddim, di-baid.

Cau hi, Luned.

Sneb isie clywed ti'n dyfynnu *randomers* ar TikTok, neu'n siarad am sawl paned ti'n 'llu yfed mewn un diwrnod yn y swyddfa, neu'r tro 'na 'nest ti bron â gwlychu dy hunan yn y ciw yn aros i Ben Elton lofnodi dy lyfr. Dwi'n dal i gwestiynu ai hyd y ciw neu'r nyrfs o'dd ar fai.

Y nyrfs sydd byth wir yn tawelu…

(Saib)

Ond mae'n anodd peidio chwydu'r holl eiriau gwag.

Eu chwydu, eu poeri, a byth eu llyncu yn ôl.

Ac yn lle hynny, eu dympo ynghanol y cardiau Never Have I Ever a'r brics Drunk Jenga.

Yn enwedig pan mae gweddill y criw â chymaint i'w ddweud. Cymaint i'w rannu, i'w holi, i'w gyhoeddi.

Dechreuodd y noson gyda chyhoeddiad Emma am ei thŷ newydd. Yna, Alis a'i modrwy newydd gan Owen. Ac yn olaf, Fflur a'i swydd newydd.

O'dd gan bawb rywbeth newydd i ddathlu… ar wahân i fi.

Gosh, ma bod yn dy ugeiniau'n *weird*, yn dyw e?!

ALIS

Yn darllen un o'r cardiau Never Have I Ever.

> Never have I ever… had a relationship for longer than half a year.

Gwelir Luned yn yfed ei diod. Does neb arall yn yfed.

LUNED

> Waw, mae'r cardiau Never Have I Ever yma'n teimlo fel *attack* personol…

> *(Saib)*

> Y diffyg strwythur sydd ar fai.

> Hynny yw, ar fai am wneud ugeiniau pawb mor wahanol, ddim y rheswm dros y diffyg perthynas sydd wedi para'n hirach na hanner blwyddyn.

> Neu efallai mai gormod o ryddid sydd wir ar fai.

> Y rhyddid o'dd pawb isie yn un ar bymtheg ond nawr sneb rili'n gwbod beth i neud ag e.

> Mynd i deithio'r byd neu aros yn dy bentref genedigol.

> Mynd ar ôl y *dream job* neu aros gyda'r un cyfarwydd.

> Mynd ar ddêts cyntaf drosodd a throsodd neu fynd i'r sinema ar dy ben dy hun.

T'wel, mae gormod o ryddid yn gallu rhoi pen tost i rywun.

EMMA

Yn darllen un o'r cardiau.

Never have I ever… been skinny dipping.

Gwelir pob un ohonynt yn yfed.

LUNED

Am laff tro yma.

As in, yfed am laff, ddim achos bod *skinny dipping* yn laff.

Falle bod e.

Bydd y tair arall yn gallu gweud wrthoch chi. Nhw sy'n gwbod. Nhw sy'n *pros* wrth ddelio 'da bywyd go iawn. Nhw sy'n ffynnu heb strwythur.

Ond mae angen strwythur.

Fel y gêm Never Have I Ever yma, heb strwythur fyse neb yn yfed a neb yn dysgu mwy am ei gilydd.

Mae strwythur yn bwysig.

Achos chi 'di treulio'ch holl fywyd yn dilyn strwythur penodol.

Strwythur penodol bywyd.

Mynd i gylch meithrin, ysgol gynradd, ysgol uwchradd, ac yna mewn sawl achos, y Chweched, a'r brifysgol. Ond unwaith i ti wario'r holl arian a choroni'r broses gyda llun *cheesy* yn dy gap a chlogyn, ti'n rhydd.

Yn rhydd i ddilyn trywydd personol dy fywyd.

Ond beth os wyt ti ddim yn gwbod be ti isie?

Beth os wyt ti ddim yn gwbod beth yw'r trywydd cywir i ddilyn?

Beth os wyt ti'n mynd i lawr y trywydd anghywir?

Beth os wyt ti'n mynd i lawr y trywydd anghywir a sdim troi'n ôl?

Beth wedyn?

Ti'n sownd.

Yn sownd yn limbo dy ugeiniau, tra bo' pawb arall yn symud yn eu blaenau yn prynu tai, dyweddïo, a chael swyddi newydd. *Weird*, yn dyw e?!

FFLUR

Yn darllen un o'r cardiau.

Hmmm, na, falle ddim yr un yna.

LUNED

Ma hi deffo newydd neud hynna i arbed 'y nheimladau i.

Y teimladau bregus.

Y teimladau arswydus.

Y teimladau chwerwfelys.

Cerdda draw at FFLUR gan gymryd y garden o'i llaw.

Never have I ever said… A, ie, digon teg.

Bydde hwnna 'di neud pethau'n *awkward*.

Bron mor *awkward* â fi'n cyffesu fy nghariad i'r boi 'na o *uni*.

Y noson yna 'nes i gwmpo ar fy nhin o flaen pawb, a'r un noson 'nes i golli fy ffôn a cholli fy hunan-barch. Mae'r ddau beth yn dueddol o fynd law yn llaw 'da fi. Dwi 'di colli'r ddau ar fwy nag un achlysur 'fyd. Fel arfer, y ffôn sy'n mynd gynta. A hynny ar ôl i fi drio galw'r person diwethaf dylwn i ffonio ar noson mas am *chat* meddw. *Actually*, wrth feddwl, falle mai'r hunan-barch sy'n mynd gynta…

FFLUR

So, sut ma stwff 'da ti, Luns?

LUNED

Y. *Dreaded*. Cwestiwn.

Ond yn hollol ddealladwy achos ma'n ffrindiau i isie gwbod. Isie cefnogi a dathlu.

Ond sdim byd i ddathlu pan ma dy fywyd yn union yr un peth ag o'dd e pan o't ti yn y Chweched. Ar wahân i'r diffyg cariad erbyn hyn. A falle bod gwell dealltwriaeth o'r meddyliau a'r teimladau sy'n hedfan o gwmpas fy mrên. *Swings and roundabouts eh*?

Cyfeiria'n uniongyrchol at FFLUR.

Ie, ocê, diolch.

Cyfeiria'n ôl at y gynulleidfa.

Dyna'r ateb fel arfer. Wel, bob tro mewn gwirionedd.

Bob tro ers i fi drio creu strwythur i fy mywyd fy hun.

(Saib)

O'n i'n rili agos i adael gytre. O'dd popeth yn ei le.

Y tŷ, yr *housemates*, y celfi.

Ond wedyn mae bywyd yn joio taflu pethe o dy flaen di yn annisgwyl.

Fel salwch.

Fel salwch sy'n dy lorio.

Fel salwch sy'n dy lorio cymaint sdim egni 'da ti i wenu.

Ac o'dd e'n rhwydd. Y broses o ildio i'r salwch. O'dd e mor rhwydd ildio a gadael i bopeth ddymchwel o fy amgylch.

Tynna un o'r brics Drunk Jenga gan wneud i'r tŵr ddymchwel.

'Nes i ddim symud. Ddim symud o gytre, o'r soffa, nac o'r gwely hyd yn oed. Am gyfnod hir doedd dim byd yn bosib. Ddim hyd yn oed rolio i ochr arall y gwely. O'n i'n sownd. Sownd yn fy mhen.

Methu gweld pa drywydd i gymryd – cywir neu anghywir.

Nes i bethau newid.

Nes i'r corff a'r meddwl ddechrau mendio. A dechrau deall bod modd symud ymlaen. Falle ddim yn yr un cyfeiriad â phawb arall, ond ymlaen beth bynnag. Ymlaen, ac ymlaen, ac ymlaen.

Ond o'dd symud ymlaen mond yn bosib achos *nhw.*

Achos y ffrind sydd newydd brynu tŷ.

Achos y ffrind sydd newydd ddyweddïo.

Achos y ffrind sydd â swydd newydd.

O'u hachos nhw 'nes i symud ymlaen.

Ges i swydd. Un tu ôl i ddesg gyda bòs ocê. Ddim y *dream job*, wrth gwrs, ond un sy'n gwneud y tro am nawr. Ateb galwadau yw'r brif dasg. Yr ail dasg yw peidio rhoi'r ffôn lawr ar bobol. Y drydedd dasg yw sgwennu adroddiad am y galwadau heb fwyta gormod o'r *communal biscuits* wrth wneud.

Yr ail dasg yw'r anoddaf.

Heblaw pan mai Custard Creams yw'r *communal biscuits*. Ma'r rheiny jyst yn amhosib i beidio â'u chwalu'n friwsion mân.

Eu chwalu fel ma fy mrên yn cael ei chwalu gan rai cwsmeriaid yn gwaith.

Gan ddynwared cwsmer ar y ffôn.

'Wyt ti hyd yn oed yn gwbod be ti'n neud, fenyw?'

Llais arferol.

Gyda'r job 'ma neu 'da bywyd *in general, love*? Achos ma bach fwy o syniad 'da fi biti'r cynta. Ddim cymaint am yr ail. Er, yn ôl y *socials* i gyd dylsen i wbod yn union be dwi'n neud 'da'r ail.

Felly'r ateb yw:

Gan ddynwared siarad ar y ffôn.

Nagw. Sai'n gwbod be ddiawl dwi'n neud. Oes unrhyw un?

Diffodda'r ffôn.

Ma rhaid bod rhai'n gwbod be maen nhw'n neud. Ma Sera yn gwaith deffo'n gwbod be mae'n neud achos sai 'di gweld honna'n rhoi'r ffôn lawr ar neb. Ddim hyd yn oed Dave.

(Saib)

I guess y peth pwysica yw i sylweddoli.

A chymryd cam yn ôl i gofio a myfyrio.

Bod pawb yn teimlo fel hyn ar ryw adeg.

Yn teimlo ar goll ac ar ben ei hun.

Ond mae'r bobol o dy amgylch yn bwysig.

Y bobol sy'n barod i gefnogi, i helpu, i ddathlu.

Y pethau bach a'r pethau mawr.

Nhw sy'n haeddu cael eu dathlu, am fod yno.

Yno pan nad oedd neb arall.

Cyfeiria at y tair o amgylch y bwrdd gan godi ei gwydr.

Llongyfs, *guys*! Fi mor browd ohonoch chi!

Cyfeiria at y gynulleidfa.

Er cymaint mae 'ymlaen' pawb arall yn codi ofn arna i...

Tynna anadl ddofn.

Dwi wir yn falch. Balch drostyn nhw a balch 'mod i yma i allu dangos hynny. Yn gallu dathlu bywyd gyda nhw. Y bywyd distrwythur, diderfyn, di-droi'n-ôl.

EMMA

Gwbod bo' hyn yn *mega cheesy* ond gewn ni hefyd ddathlu'r ffaith bo' Luned mas 'da ni?

FFLUR

Ni 'di colli ti, Luns.

ALIS

Mor lysh ca'l y criw i gyd 'nôl!

Agorir potel arall. Clincia pawb eu gwydrau gan gyfarch ei gilydd ychydig yn llai mewn unsain.

PAWB

Iechyd da!

GRISIAU

GWYNFOR DAFYDD

Mae grisiau ar hyd ei groen, rhai
coch sy'n dringo i nunlle; ynteu dis-

>   gyn y maen nhw'n ei wneud? Anodd
>   dweud. Anodd edrych yn ddigon hir

ar y llinellau mesuredig sy'n chwarae pi-
po y tu ôl i'w grysau-T; sy'n chwarae hafoc

>   diarbed â *gag reflex* gwarineb. Ych-a-
>   fi! Dydy bechgyn ddim i fod i ffidlo â'u

cyrff fel hyn (eithriadau: steroids, tatŵs,
testosteron, Viagra os oes angen, *conversion*

>   *therapy* os yw pethau'n mynd o chwith), na
>   sgriblo gêm o *noughts and crosses* dros eu

crwyn. Dydy bechgyn ddim i fod i syllu
yn nrych y bathrwm ac estyn am y rasel

agosaf (ac eithrio er mwyn siafo). Ac eto
dyna mae'n ei wneud. Y bachgen hwn. Bob

dydd. Ar ôl i'r gloch ganu ac i'r diwrnod
lonyddu. Am nad yw bechgyn i fod i –

Shhhhhh. Am nad yw bechgyn i fod i siarad.
Ond câi weld, y bachgen hwn, ar ôl i amser

geulo'i boen, a gadael olion tawelach
ar hyd map ei groen, câi weld mor glir

ag un sgwrs ffôn, taw i fyny, fyny, fyny
roedd y grisiau'n dringo, wedi'r cwbl.

Y STAFELL GEFN

MORGAN OWEN

Roedd y byd dan glo yn y stafell gefn. Gwthiais y cyfan i'r gofod bach cyfyng rhwng y boeler a'r cypyrddau, a threulio'r dyddiau yn y lolfa dywyll yn crafu gweledigaethau ail-law o hen lyfrau. Daeth yr haul heibio ambell dro yn ôl ei fympwy i boeri trwy'r llenni a'm tynnu o'r gwely, ond yno y gorweddwn heb egni, ochr yn ochr â gweddillion wythnos arall.

Roedd fy meirwon yn grac, ac wrth i'r tŷ lusgo-anadlu liw nos, clywn eu lleisiau bloesg o'r stafell gefn wag yn sibrwd, ochain, chwerthin neu ymsonio. Wrth gwrs, teimlwn yn euog bob tro y clywn nhw, ac o dipyn i beth fe wnaeth eu geiriau diateb bentyrru a phwyso'n drwm ar fy nghydwybod.

'Rhwbeth bach i chi'ch dou at y flwyddyn newydd.'

'Do, do, weles i'r tri gyda'i gilydd yn dod lawr y stryd fawr yn rhitho bod nhw heb 'y ngweld i. Ma fe'n edrych yn hen nawr, on'd yw e? Yw e'n sâl 'to?'

'Diolch yn fawr! Bydda i lan cyn bo hir!'

'Ma'r bws ola wedi dod i ben nawr, a does gyda neb gar lawr 'na chwaith.'

'Galwa dy fam.'

'Chwe mis, neu saith? Yr hira rio'd.'

'Wyt ti'n dysgu o hyd? Da iawn, dal ati. O bell? Rhaid bod hwnna'n anodd, heb *weld* unrhyw un. Mae'n beth *cymdeithasol*, on'd yw e?'

'Gwelon ni ddwy uwch ein penne yn yr ardd. Ishte mas n'ethon ni a jyst edrych lan, gan ein bod ni fymryn tu hwnt i ole'r dre, a ma Parc Cenedlaethol Bannau Brycheiniog yn dechre filltir i ffwrdd yn unig o fan'yn, ac ma hwnna'n Warchodfa Awyr Dywyll, felly ti'n gweld yr holl gytsere, a hyd yn o'd staen y Llwybr Llaethog. Ac o edrych yn ddigon hir felly, dyna nhw: dwy seren wib.'

'Rwy'n cofio dy olchi di a dy frawd yn y sinc.'

'Gêm ola i Gymru.'

'Newn ni weld ein gilydd yn yr ardd, 'te, fis nesa, os cewn ni?'

'Un funed.'

Ni allwn eu cadw yn nalfa'r stafell gefn. Er mor anodd oedd ymadael â fy nifaterwch a'r ymdeimlad o oferedd a oedd wedi cronni o'm hamgylch, dechreuais ymlonyddu a chynllunio rhyddhau fy meirwon.

Hwyrfrydig oedd y gwanwyn, a daliodd y gaeaf ei dir. Roedd y stryd tu fas yn hir a llwyd, a'r unig beth a ymddangosai'n gyson oedd y cachu cŵn a'r dynion casglu biniau. Liw nos, edrychwn draw at oleuadau coch y tyrau, a hynny o sêr oedd i'w gweld trwy lacharedd orenaidd y ddinas, ac yn y pellter rhyngddynt gallwn ddirnad symud amser, yn llechwraidd a lluniaidd fel cadno.

Pan benderfynodd yr haul alw heibio nesaf, gadewais y ffôn wrth ochr y gwely a gwrthod bwrw awr i'r affwys yn sgrolio a sgrolio. Twlais y peth yn ddiseremoni i'r pentwr dillad ar y llawr a mynd yn syth at y stafell gefn dan ddygyfor o benderfynoldeb.

Fe wnaf iawn am oedi a sefyllian, meddyliais; gwnaf iawn am fratu fy amser prin ar y Ddaear a gwneud rhywbeth er lles pawb ohonom, fi a'r meirwon a'r byd oll yr ochr draw i'r drws.

Yno roeddent o hyd, yn siarad a sibrwd yn y stafell lychlyd a llaith, felly agorais y ffenest. Daeth aer oeraidd y bore i mewn, a chydig bach o egni'r byd. Wrth gwrs, a minnau'n sefyll yn fy stafell gefn lom, nid oedd dim yn digwydd. Dim ond y boeler yn ochain; dim sŵn heblaw am y gwylanod ar doeon y stryd tu ôl, a shwfflan cyffredinol yr awel yn yr ardd. Tawodd pawb, ond daeth dogn hael o heulwen trwy'r ffenest bŵl, ac roedd honno'n fendith ar y fenter.

Liw nos eto.

'Heb siarad ag e ers y ddamwain, a pam dylen i?'

'Deintlys. Na – DEINTlys. Ma'n tyfu'n y goedwig, ac ma'n edrych fel rhes o ddannedd ar goesen welw, gnawdiog 'mysg y coed.'

'Maen nhw i gyd 'ma.'

'Ma fe'n gwrando.'

'Unwaith, ddwywaith, deirgwaith, ganwaith a mwy.'

'Tro dwetha weles i hi o'dd yn stafell y gwesty yn Trieste. Cafon ni ddigon, felly es i a dal y trên i Fenis i esgus bod yn rhywun arall, i esgus fy mod yn cerdded ym mreuddwyd rhywun arall.'

'Wedi claddu pedwar yr wythnos hon. 'Runig fusnes yn y lle 'ma y dyddie hyn.'

''Na fe 'to: mas o'r borders! Oi!'

'Gwelw a llwydaidd gyda llygad cochddu yn y canol.'

'Wyt ti'n cofio'r hen orsaf? Cafodd hi ei dymchwel pan o't ti'n fach, fach. Bydden i'n mynd â chi'ch dou y ffor' 'na'n aml a lan y bryn, cyn i'r coesau 'ma ballu.'

'Last stop, bws o fan'yn wedyn.'

'Sawl mis nawr? Bydd hi'n dre wahanol pan ddei di'n ôl.'

'Cer i weld y môr, dyna wi'n ei neud: wyneb i'r gwynt, a phopeth arall tu ôl i'r twyni, fydoedd i ffwrdd.'

Felly es i brynu pridd a photiau a hadau. Roedd y

coed yn noeth o hyd, a theimlais yn rhyfygus braidd, fel pe bawn i'n herio'r gaeaf ac Angau ei hun, ond gwyddwn taw dyma oedd y peth iawn i'w wneud.

Yn y stafell gefn, roedd y misoedd tywyll wedi ymdaenu'n haenen o lwch llwyd dros bopeth, a syllodd y waliau arnaf â llygaid gwag. Gosodais res o botiau bach islaw'r ffenest, ar ôl eu llenwi â phridd.

Milddail, pabïau llwyd, pabïau coch, glas yr ŷd, briallu Mair, tafod yr ych, clafrllys y maes, blodau'r haul: gwthiais yr hadau'n ysgafn i'r pridd a'u gorchuddio'r mymryn lleiaf â phridd. Codai arogl cynnil fel atgof ffrwythlonder, ond ni allwn wir gredu y gallai unrhyw beth egino a thyfu yn nhawelwch llwm y stafell gefn. Dim ond dolennu a chrwydro fel lleisiau marw'r nos y byddent, gan adael dim fore trannoeth heblaw am ryw grych yn yr aer a goglais yn y cof.

Byddai'n rhaid i'r meirwon rannu'r stafell gefn o hyn allan; ac o'm rhan i, byddwn yn brwydro yn erbyn y syrthni a mynd yno'n amlach. Dyna oedd fy addewid: fe wnawn rywbeth. Byddwn yn rhoi rhwydd hynt i amser, a gadael iddo ddilyn ei lwybrau ei hunan.

Rhy awyddus oeddwn i ddechrau, ac ymguddiodd yr hadau yn y pridd rhag eiddgarwch fy sylw. Ond yn y man, ar ôl gwirio'r pridd bron iawn bob awr, setlais i'r rhythm cywir. Mae'r meddwl angen amser fel mae hadau angen pridd, wedi'r cyfan. Byddwn yn mynd i'r stafell gefn fel dyn ar gyflawni defod, yn ysgafn fy nhraed a'm meddwl, heb ddisgwyliadau, ond nid heb nod. Hyd yn oed ar ddiwrnod llwyd, byddai'r golau a ddeuai trwy'r ffenest fach bŵl yn fwy addfwyn, ac aeth y waliau agos i deimlo'n ehangach, fel petai'r stafell ei hun yn tyfu.

Byddai'r hen rwgnach yn codi o bryd i'w gilydd. Byddai diwrnodau pan fyddai popeth yn teimlo'n llonydd a chyfyng, ond pan awn i'r stafell gefn ac agor y ffenest rhag y lleithder, nid oedd pethau mor wael ag y tybiwn. Y peth allweddol oedd bwrw heibio'r calendr a'r sôn am fisoedd. Amser noeth a lanwai'r stafell gefn, heb oriogrwydd y cloc.

A'r meirwon:

'Ynys oddi ar arfordir Gwlad Groeg.'

'Cicon ni'r eira dros y rhychau yr holl ffor' 'nôl i'r dafarn.'

'Mair, der mas o fyn'na, der mas o tu ôl i'r llenni!'

'Fel sgyfaint ma'r dail, ma'n nhw'n ei ddweud, ond wn i ddim, twel. Hoffi'r patrymau, ddo.'

'Goleuadau.'

'Ble?'

'Rywle yn y niwl, neu lle bydde'r niwl, tasen i'n gallu gweld.'

'Uwchben?'

'Mae'n dod.'

'Ma'r ddinas yn nabod fy enw, ar y grisiau gwyn i'r amgueddfa, yno am byth yn seinio, ar y grisiau gwyn...'

Fy myd brau yn gyfres o goesynnau bach. Gwthiant tua'r golau â phenderfynoldeb tyner, ffyrnig. Mae'n rhy gynnar i wahaniaethu rhwng yr egin, ac ni fûm yn ddigon hirben i'w labelu. Liw nos, mae'r tŷ'n llonyddach nawr, yn warchodol, hyd yn oed. Ac weithiau rwy'n deffro yn y glasu, ac mae'n rhaid syllu'n hir ar y nenfwd i weld ai fy llygaid sy'n chwarae neu a oes yr anadl leiaf o olau yn cynhyrfu'r llenni. Af i'r ffenest wedyn a gweld fy ninas yn tyner estyn tuag ataf cyn i ni oll ei sengi a'i mygu.

'Welest ti neb yn dod?'

'Dda'th unrhyw un trwy'r niwl?'

'Neb, ond ma'r ymylon yn wyrddach.'

'Ynddo i ma'r holl eirie, ta beth.'

'Ac ynddo i do's 'na ddim.'

'Der lawr i'r docs ym mhocedi'r ddinas, ond dim ond heno.'

'A rho dy glust wrth y concrit, i glywed yr hen ffordd i ben y cwm.'

'Twla flodyn i'r pwll.'

'Wyt ti'n gwrando?'

'Rho fe 'na, dan y deri.'

Mae'r egin yn fwy nawr, ac maen nhw'n ymgodi ymhobman, fel petai rhywun liw nos wedi taflu gleiniau bach glas i'r potiau. Mae waliau'r stafell gefn wedi bwrw peth o'u golwg llym, ac mae'r byd yn symud ar ei echel fel bod rhagor o olau haul yn cyrraedd y ffenestri bach. Mae'r byd yn trwyno at y drws.

Rhyw bethau annelwig yw'r misoedd bellach. Bydd y cyfan yn dod yn ôl i drefn yn y man, ond a minnau ar wasgar ac ar wahân, man a man gwylio'r egin yn tyfu. Nawr bod y pridd wedi agor ac esgor, aiff y meirwon yn ôl i blygiadau clyd amser.

Ysgydwaf law â'r gwanwyn trwy'r ffenest. Af i'r ardd, lle nad oes amser, dim ond mynd a dod am byth. Ymglywaf â'r glesni.

DWYT TI DDIM YN ORMOD

BETH CELYN

Ma'n ocê i ti faglu drwy'r dyddiau, i ti fethu â chael
dy wynt, i ti golli dy hun yn hynt a hualau hiraeth.

Ond cofia fod yn dyner, i greu hafan ddiragfarn i ti,
i farinadu a dysgu o'r amwys a herio amheuaeth.

Ti'n bair o bosibilrwydd, yn llawn breuddwydion blêr,
nid pur yw popeth pêr, a dwyt ti ddim yn ormod.

Meiddia fod yn bresennol, yn dyst i dy lanw a thrai,
a throi hunangariad yn sylfaen grai – yn ddefod.

Mentra ddynwared y machlud, ymestynna dy hun yn astud,
a thaena'r hyfryd hud yn bastelog wahoddiad.

Heb boeni am gyfareddu, na phoeni chwaith am siomi,
na mesur maint dy werth mewn adlewyrchiad.

ANNWYL NAIN

NIA MORAIS

Annwyl Nain,

Prynhawn da! Sut wyt ti, Nain? Dwi'n dda iawn, diolch. Beth wyt ti'n neud heddiw? Dwi'n teimlo'n ddiflas iawn a dwi'n dy golli di. Wyt ti'n saff?

Cariad,

Begw.

*

Haia Mam,

Sara sy 'ma. Dwi a Begw yn blydi bôrd ac yn chwilio am rywbeth i'w wneud. Cyfnod clo – mae'n swnio fel rhywbeth o ryw ffilm arswyd! Awgrymais i Begw y dylai hi ymarfer ei llawysgrifen fel mae ei hathrawes yn dweud ond gymerodd hi oes i sgwennu'r nodyn yna i ti, felly falle o'n i chydig bach yn optimistig. I fod yn deg, ma'n llaw i'n brifo'n barod. Rili dangos faint dwi'n dibynnu ar fy ffôn i sgwennu negeseuon. Dwi'n ramblo nawr.

Sut wyt ti? Oes digon i neud yn y fflat? Paid trio

mynd draw i weld y cymdogion – dwi'n dy nabod di'n rhy dda, paid ti â meiddio! Aros i mewn, gwisga'r mwgwd 'na os oes rhaid, GOLCHA DY DDWYLO. Os wyt ti'n dal y blincin feirws 'ma cyn imi weld ti nesa wna i ddringo lan i'r balconi a rhoi rêl *wallop* i ti, ti'n clywed? (O chwe troedfedd i ffwrdd. Rhywsut.)

Y gwir yw bod fi'n racio 'mrêns i drio ffeindio ffyrdd i gadw Begw rhag poeni, fel dwi'n neud bob un eiliad. Dwi a Beth yn blino'n llwyr jyst yn neud yn siŵr ei bod hi'n hapus – ymarfer corff, plannu berwr dŵr mewn potiau yn yr ardd, peintio, darllen, pobi ac yn y blaen, ac yn y blaen… Gweithio, saniteiddio pob un peth sy'n dod trwy'r drws, a gwylio'r newyddion ar ôl iddi fynd i'r gwely a jyst crio. Dwi'n *exhausted*, Mam. Beth y'n ni fod i neud nawr? Jyst stiwio yn ein teimladau bob dydd?

Wedi edrych 'nôl ar y paragraff 'na, dwi'n swnio mor ddramatig. O't ti'n iawn pan o't ti'n galw fi'n 'drama queen'. A dwi'n teimlo fel *teenager* eto. Dim sicrwydd o gwbl, jyst pryder. Byswn i'n caru gallu stretsio ar y soffa a gwylio *Countdown* gyda ti fel o'n ni'n arfer neud. Ti'n cofio?

'Co fi off eto. Miss Understood. O leiaf cadwodd Begw ei llythyr yn fyr.

Sara

★

Annwyl Begw,

Helô, blodyn tatws! Dwi'n iawn, diolch. Gobeithio dy fod di'n iawn hefyd. Dwi'n deall y diflastod – dwi wedi diflasu hefyd! Ond dwi wedi stopio neud y jig-so tan i ti ymweld eto, felly paid â phoeni.

Nawr, mae gen i dasg arbennig i ti, blodyn tatws: dydy Mam Sara na Mami Beth ddim yn cael gwybod dim am hyn. Sshhh! Barod? Dyma ni: wyt ti'n fodlon rhoi tipyn bach o dy ddewrder di i Mam Sara a Mami Beth? Maen nhw'n ddewr iawn, ond weithiau mae angen hwb bach ychwanegol ar bawb. Tria feddwl am rywbryd rwyt ti 'di bod yn ddewr – dwi'n siŵr fod llwyth gen ti! Dychmyga dy ddewrder yn hedfan ar draws y stafell ac yn glanio ar ysgwyddau dy ddwy fam fel clogyn archarwr. Colli ti, calon!

Cariad enfawr,
Nain.

★

Sara,

Ti'n neud jobyn gwych. Anadla i mewn. A nawr allan. Ti'n cofio fi'n dysgu hynna i ti cyn dy arholiadau piano? Ydy, mae'r byd yn lle sgeri iawn ar hyn o bryd. Ond mae 'na wastad amser i arafu dy anadlu i mewn ac allan.

Ti'n cofio fi'n dweud am y beic 'na wnaeth un o ffrindiau dy dad-cu wneud i mi? Y Frankenbike, fel o'n i'n arfer ei alw fe? Y cwbl lot wedi'i glymu at ei gilydd gyda llinyn. Neu falle jyst fel'na roedd e'n teimlo. Un diwrnod, dyma fi'n reidio'r beic i lawr y stryd o flaen y tŷ. A dyma grŵp o fechgyn yn penderfynu taflu brigyn trwy'r olwyn flaen, a hedfanes i drwy'r awyr. Bownsiodd y beic a glanio ar fy mhen. Roedd y bechgyn yn meddwl 'mod i wedi marw. Dyma un neu ddau yn risgio cael eu lladd gan dy fam-gu i gario fi adref, cnocio ar y drws ffrynt a rhedeg fel y gwynt. Dim ond tua wyth oed o'n i. Trip i'r ysbyty, cwpwl o bwythau, Crunchie bar, cyn gofyn pryd allwn i fynd 'nôl ar y beic eto. Mae plant yn bownsio'n ôl. Ti'n gweld be sy gyda fi?

Ocê, dyw e ddim cweit 'run peth â phandemig, ond trysta fi, cariad, rwyt ti a Beth yn gwneud y gorau gallwch chi a dwi'n siŵr fod gan Begw ddwy o'r rhieni gorau yn y byd. Chi'n *awesome sauce*, fel mae plant heddi yn dweud.

Dwi off i achub y twr bwydo adar rhag y blincin wiwerod yn yr ardd. Nhw yw'r unig gwmni sydd gen i dyddiau 'ma.

Caru ti, cacen.

Mam

★

Annwyl Nain,

Rydw i wedi helpu Mam a Mami i fod yn ddewr.
Aethon ni i'r banc bwyd. Gwisgais i fwgwd. Mae'n
edrych fel mwgwd môr-forwyn sbarcli. Dwi'n darllen
The Famous Five gyda Mami Beth bob nos. Fy hoff
gymeriad yw George. Mae Mam fel Anne achos mae'n
poeni o hyd. Dwi'n mynd i chwarae yn y *paddling pool*
nawr. Hwyl fawr.

Cariad,

Begw.

Mam,

O'n i'n hanner disgwyl i ti ddweud wrtha i am stopio
cwyno! Dyna be oedd Dad yn arfer neud. Ti'n cofio?
'Mae gen ti ddwy droed gryf, mae gen ti ymennydd
siarp, mae gen ti wely cynnes, ac mae gen i switsh off
ar yr *hearing aids* 'ma, cofia!'

Mae Begw yn iawn – dwi *yn* poeni o hyd. Dwi'n
gorwedd yn y gwely jyst yn gwylio'r nenfwd. Licien
i gael rhywun i ddarllen stori i mi gyda'r nos, fel mae
Beth yn neud i Begw.

Gyda llaw, joies i'r stori fach am y Frankenbike. Ond
nid y rhan amdanot ti bron yn marw, wrth gwrs, jyst
y bits doniol. Wel, ti'n deall fi. O, ca' dy geg, Sara.

Rwyt ti'n storïwr naturiol, Mam. Hoffet ti sgwennu

rhywbeth i helpu dy ferch i gysgu? Ond na, dim achos bod ti'n swnio'n ddiflas! O, 'co fi off eto. Caru ti. A phaid â lladd unrhyw wiwerod!

Sara.

★

Annwyl Begw, Sara a Beth,

Amser maith yn ôl, ganwyd merch fach mewn tŷ yn agos i dref o'r enw Pontypridd. Roedd y ferch yn byw gyda'i mam, ei thad, ei brawd mawr a'i thaid – a fu farw pan oedd y ferch yn dair blwydd oed. Roedd y teulu yn hapus yn y tŷ yma, ond yn fuan symudon nhw i ddinas fawr, bell o'r enw Llundain. Athrawon oedd rhieni'r ferch, ac roedden nhw'n glyfar iawn. Prynon nhw gath, a dyma nhw'n ei henwi'n Sancho Panza. Un Nadolig, newidiwyd enw'r gath i Blydi Thing 'Na, gan ei bod wedi dwyn y twrci o'r gegin a'i chwydu dros garped y stafell fyw.

Aeth y ferch a'i brawd i'r ysgol leol, ac roedd y ddau'n ffrindiau gorau. Roedd y ferch yn dilyn pob peth ddywedai ei brawd. 'Nansi, os wyt ti'n bwyta un hanner o'r mwydyn yn gynta, fe wna i fwyta'r ail hanner... Nansi, beth am i ni ddwyn losin o'r siop? Cer di gynta ac fe wna i ddilyn...' Roedd y ddau hyd at eu clustiau mewn trwbwl y rhan fwyaf o'r amser.

Yn yr ysgol, yfon nhw boteli o laeth cynnes a chwarae Hopscotch a chriced. Ddysgon nhw braidd dim, heblaw pa mor bwysig oedd gwisgo fest lân bob dydd. Aeth y teulu i bartïon y Gymdeithas Gymreig leol a bwyta creision Salt 'n' Shake a bagiau o gnau KP. Un haf, gyrrodd y teulu ar draws Ewrop mewn Vauxhall Victor gwyrdd. Torrodd y car yn ystod eu hwythnos olaf yn yr Almaen, ac roedd rhaid iddyn nhw aros am wythnos ychwanegol, yn bwyta tost dros fflamau'r tân ac yn cysgu mewn pabell rad.

(Ydy Begw'n cysgu eto? Rho gwtsh iddi gan ei nain. Nawr, ble oeddwn i?)

Mae popeth sydd uchod yn wir, wrth gwrs, ond dwi'n siŵr eich bod chi'n gwybod nad oedd fy mhlentyndod i'n stori hollol hapus. Symudon ni un ar ddeg o weithiau erbyn i mi droi'n un deg chwech oed. Ro'n i'n ailgylchu'r un cilt a chardigan i'w gwisgo ym mhob ysgol newydd, dim ots sut oedd y wisg swyddogol yn edrych.

Roeddwn i'n ferch fach Gymreig, gydag acen od, yn siarad iaith arwyddo gyda dy fam-gu, a Dad yn cysgu mewn carafán yn yr ardd ffrynt pan oedd o'n yfed gormod ac yn methu ffeindio'i allweddi. Roedd gen i ddigon o ddeunydd ar gyfer y bwlis i gyd, ond doedden nhw ddim yn hoffi fy ffordd i o ymateb i'w geiriau, sef cerdded i'r cyfeiriad arall, felly yn y diwedd treuliais i'r rhan fwyaf o'r amser ar fy mhen fy hun.

Mae'n swnio'n andros o unig, wrth edrych 'nôl. Ac roedd hi, ar adegau. Unig creulon, tywyll. Ond roedd 'na amseroedd da hefyd. Pan oeddwn i'n un deg saith oed – ar ôl i Dad farw, sef yr adeg fwya anodd a brofais erioed – es i ar wyliau i Great Yarmouth gyda fy ffrindiau o Goleg y Chweched, a Mam fel *chaperone*. Cafodd Mam y bync gwaelod yn y B&B, ac es i gysgu bob nos yn gwrando arni'n chwyrnu. Es i'n feddw ar dri fodca a lemonêd a rhedais i ffwrdd oddi wrth ryw fachgen oedd yn canu 'Three Times a Lady' i mi yn y bar. Am hwyl!

Yng nghanol y nos, ar ôl i bopeth gau, aethon ni i'r traeth a gorwedd ar y tywod yn edrych ar y sêr. Dechreuais i ganu, gyda Mam a fy ffrindiau i gyd yn edrych arna i. Roedd Mam yn feddw hefyd, ond fyse hi byth yn maddau i mi am ddweud hynny. Ydych chi ferched erioed wedi canu 'Calon Lân' ar draeth yng nghanol nos, gyda'r tywod oer ar eich cefnau, yn dal dwylo'ch ffrindiau gorau'n y byd? Ydych chi wedi teimlo'r egni yn byrlymu i fyny o'ch traed fel can o Tizer? Dychwelon ni i'r B&B am ddau y bore, yn wlyb socian ar ôl bod yn nofio yn y môr. Dyna'r tro cyntaf welais i Mam yn gwenu ers misoedd. Ac ro'n i'n teimlo fel golau pur, fel heulwen.

Dwi wedi ramblo am hen ddigon nawr. Ac mae fy llaw i'n brifo ar ôl yr holl sgwennu. Ond mae'n stopio fi rhag cynllwynio yn erbyn y wiwerod 'na, o leia.

Nos da.

Mam

★

Annwyl Mam,

Dwi'n anfon hwn ar frys tra bod Begw yn y bath.

Ar ôl darllen dy stori di cefais i'r noson orau o gwsg dwi wedi'i chael ers misoedd. Cefais i freuddwyd, ac roeddet ti yna, a finnau, Beth a Begw, yn eistedd mewn theatr grand, wag. Roedd e mor real, dwi'n dal i allu arogli'r hen arogl 'na sydd mewn hen theatrau – llwch, farnis, glaw yn sychu ar gotiau. Yna cerddodd menyw ar y llwyfan. Cododd ei dwylo i ddechrau arwyddo, a gwelais taw Mam-gu oedd hi. Roedd y theatr yn hollol dawel. Arwyddodd hi hyn – a dwi'n aralleirio, oherwydd mae'n llithro oddi wrtha i'n barod – ond dyma be ddwedodd hi:

'Maen nhw'n dweud, ar ôl cyfnod o dywyllwch, bod pobl yn troi tuag at y golau, fel gwyfynod dryslyd yn trio ffeindio'u ffordd adre. Wel, ar ôl cyfnod o dywyllwch fel 'dan ni'n byw ynddo nawr, dwi'n rhagweld y bydd troad at y golau fel 'dan ni erioed wedi'i weld yn ein hoes ni. Ac y bydd pob un ohonon ni lan fan hyn yn eich gwylio chi. Ac yn eich cymeradwyo.'

A dyma'r nenfwd yn codi i ddangos y sêr tu allan. Ac wrth i filoedd o wyfynod hedfan i mewn a throelli uwch ein pennau, dyma ni'n dringo ar y seddi llychlyd a neidio lan a lawr a bloeddio a churo ein dwylo fel petaen ni'n gwylio'r sioe orau erioed. Ac roedd Mam-gu yna'n gwylio, ac yn gwenu.

Diolch am ddarllen stori i mi, Mam, er bod ti mor bell i ffwrdd. Mae'r pwysau wedi codi fymryn, dwi'n meddwl. Dwi'n gallu gweld ffordd allan o'r tywyllwch 'ma. A chyn gynted ag y galla i, bydda i'n gyrru lan ac yn rhoi cwtsh i ti.

Bydd yn dda.

Caru ti.

Sara

YR OVERGROUND

IFAN PRITCHARD

Ymysg llwch cadeiria, ti'n deffro.
Deud gwir, ti'm yn cofio disgyn i gysgu'n y lle cynta.
Mae'n wag. Yma. Rŵan.
Mae'n wag.

Mae amranna hen fylbia'n torri ar draws y düwch.
Yn sydyn iawn, ti'n gweld dy hun.
Dros y ffor', yn fan'na, am eiliad, ti'n gweld dy hun.

Mae'n tywyllu eto'n sydyn.

Ti'n trio cofio sut olwg oedd ar dy wynab.
Os gafodd y rheiny sydd o dy gwmpas di olwg ar dy
olwg.

Ti 'di sylweddoli pa mor anghofus wyt ti.
Ti'm cweit yn cofio faint o'r gloch ydy hi.
Ti'm cweit yn cofio cyrraedd yma chwaith.
Est ti braidd rhy gyfforddus am ennyd, sydd bellach
yn faith.

Mae'n boeth, yndy ddim? Yma. Rŵan.
Mae'n boeth, yndy!

Deigryn chwys lawr dy foch, mae'n rhaid bod yr haul
yn rhywle.
Mae'n rhaid bod hi'n dechra prysuro.
Ti'n dechra gweld y wyneba o dy gwmpas.
Wyneba mud, mewn arall fyd, a'u gwedd yn gynnes.

Ti'n dechra gweld hoel dy llygada dros y ffor'.
Hoel chwys dy dalcan, a düwch dy geg yn asio hefo'r
ffenast.
Düwch sydd eisoes yn dianc.
Düwch sy'n diflannu fel mwg i unrhyw le ond fan
hyn.

Ynghyd â'r hyn sy'n dy gludo, ti'n codi dy ben yn
raddol.

Ti'n codi i deimlo'r haul a'i belydrau.
Ti'n synhwyro cledrau dan dy draed.
Rhythm cledrau sy'n codi dy hwyliau, ac yn dy ddeffro
di fymryn mwy.

Mae 'na fwy o wyneba i'w gweld o dy gwmpas.

Sgyrsiau'r ddinas i'w clywed a llygada'n llydan
'gorad.
Bocha'n cnesu wrth siarad, yn dadmar dy gorff rhag
dy sêt o lwch, iti gael profi.

Profi haf o hyder.

Ti'm yn siŵr am faint oeddet ti'n cysgu, ond ti'n effro
rŵan, a dyna sy'n bwysig.
Profi bywyd a'i helynt, a'i hyderus haf.
A dymchwel yr anweledig.

CWRLID

MARED LLYWELYN

Roedd rhaid iddi gael pàs gan ei mam i'r dre y noson honno, a oedd, digwydd bod, angen nôl tecawê beth bynnag.

Mi dreuliodd y fam a'r ferch y daith chwarter awr mewn distawrwydd pur, achos roedd Ffion yn flin. Un o'r nosweithia hynny lle nad oedd ei gwallt tonnog yn eistedd cweit yn iawn, a'r top du oedd weithiau'n gallu rhoi sglein yn ei llygaid heno'n penderfynu peidio cydweithredu. Bu'n rhegi ar y wardrob wrth chwilio am ddilledyn arall. Yn trio sawl fersiwn gwahanol o dopiau du i guddio'r braster oedd yn hongian dros ei nicar. Un *turtle neck*. Un heb lewys. Un *ribbed*. Un efo *boat neckline*. Pob un yn gwneud iddi deimlo'n blydi afiach.

Wrth i'r arwydd neon OPEN fflachio i binc a glas yn Bamboo House, chwaraeodd Ffion efo darn bach o edau oddi ar y top du ddaru hi drio ymlaen gyntaf y noson honno a'i wasgu o gwmpas ei chroen yn dynn, nes ei fod yn troelli i lawr ei bys fel *helter skelter*.

Amser camu o'r car.

'Paid â mynd yn wirion heno. Ti'n mynd â dy nain fory, cofia.'

Doedd hi heb anghofio.

''Na i ddim.'

Er ei bod yn ddiolchgar am y lifft, ddaru hi ddim dweud diolch wrth ei mam. Er bod y ddwy yn dallt ei gilydd yn iawn, teimlodd bigiad o euogrwydd am ymddwyn fel sopan fach ar y ffordd, ond erbyn iddi droi i godi ei llaw arni roedd y Renault bach eisoes wedi mynd hanner ffordd i fyny stryd Penlan i nôl y tecawê.

'Dwi'n teimlo mor hyll,' meddai Ffi.

'A fi,' meddai Cat.

Dechreuodd Cat ddweud hanes y dyn ar fws wyth. Dim ond hi a'r dyn oedd ar y bws, felly'n naturiol roedd rhaid iddyn nhw siarad efo'i gilydd. Penderfynodd y dyn siarad am ei *vape* efo hi – roedd sawl blas ar gael petasai hi isio trio un rhywbryd. Doedd hi ddim isio trio ei *vape* o, ond mi ddiolchodd iddo am gynnig. Daeth i'r casgliad bod y dyn eisoes wedi cael llond berfa o gwrw ac nad oedd angen fawr mwy arno.

'Ti'n cofio fi'n rhannu un efo'r boi gwallt cyrls 'na yn Sesiwn Fawr blwyddyn dwytha? Blas candi fflos oedd hwnnw.'

Meddyliodd Ffi am y boi gwallt cyrls.

'Ych,' meddai Cat wrth estyn am ei phwrs.

Doedd Ffion ddim yn siŵr oedd Cat yn cyfeirio at y *vape* 'ta'r boi gwallt cyrls.

Dim ond y ddwy oedd allan. Roedd gan bawb arall bethau gwell i'w gwneud na mynd rownd y tafarndai hanner gwag, yn byw mewn gobaith bydda 'na rywbeth difyr yn digwydd. Rhywun difyr i sbio arno fo, o bell. Roedd ista'n bôrd mewn pyb yn well nag ista'n bôrd adra, ma'n siŵr.

Chwifiodd Cat ei cherdyn dros y peiriant. Sganiodd ei llygaid y dafarn i gyd.

'Does 'na ddiawl o neb allan chwaith, nag o's.'

Cymerodd y ddwy gegiad fawr o jin riwbob. Roedd gormod o jin riwbob yn codi pwys ar Ffion, felly ar ôl gorffen y jin aeth yn ôl at y bar a gofyn am beint o Coors Light. Mi ddaru Cat gael dybl fodca, leim a lemonêd i gadw cwmni i'r jin riwbob.

'Pam bo' ni'n trafferthu, d'wa'?' meddai Cat ar ôl edrych faint o'r gloch oedd hi ar ei ffôn.

Sugnodd Ffi y chwarter lemon oedd yno i addurno'r gwydr. Bodiodd drwy'r rhestr *Seen* ar ei Insta – llun o'r gwydr jin llawn a oedd bellach wedi ei yfed.

Roedd meddwl Ffion wedi trafaelio yn ôl chydig fisoedd ynghynt, pan dreuliodd noson ym mreichiau Siôn. Byddai ei meddwl yn gwneud hyn yn aml. Ar ôl y noson honno, penderfynodd Siôn nad oedd o am i Ffion fod yn ei freichiau eto. Ddywedodd o ddim hynny wrthi – mae genod jyst yn gwbod.

'Reit. No we 'dan ni'n mynd i ista'n fama fel dwy surbwch drw nos. Gorffenna dy beint.' Downiodd Cat ei fodca, leim a lemonêd. 'Lle 'dan ni'n mynd nesa?'

Am y tro cyntaf y noson honno, gwenodd Ffion.

★

Deffrodd yn sydyn o nyth ei gwely yn boeth, a theimlo crys ei phyjamas yn damp ar ei chefn. Ceisiodd estyn am ei sbectol ar ochr y gwely, ond tarodd y gwydraid o ddŵr yn lle hynny, a disgynnodd hwnnw ar y llawr.

'Shit.'

Wrth iddi ymestyn ei chorff fel cath sylwodd fod ei ffôn o dan ei chlustog. Wedi bod yn dŵm-sgrolio yn yr oriau mân, siŵr o fod. Agorodd Insta a gweld bod 348 o bobl wedi edrych ar y Story o'r jin riwbob, a 268 wedi gweld y fideo o Cat yn dawnsio i Lizzo o flaen y siop cebábs.

Mi fysa hi wedi chwerthin, ond roedd ganddi uffar o gur pen.

'Be oedd y sŵn 'na rŵan?'

Clywodd ei mam yn trempsian ar hyd y landing. Doedd ganddi mo'r egni i ddelio efo hyn.

'Be ddudis i wrtha chdi neithiwr? I beidio bod yn hwyr ac i beidio bod yn wirion.'

'Do'n i ddim yn wirion.'

'Mi odda chdi'n hwyr. Faint o'r gloch o'dd hi?'

'Ti'n gwbod yn iawn achos o'dd dy lamp di ymlaen. Welis i'r gola o'ch stafall chi o'r lôn.'

Fyddai ei mam ddim yn mynd i gysgu nes i'w phlant gyrraedd adra. Roedd yn sialens felly i beidio ymddwyn yn rhy feddw ar ôl cyrraedd y tŷ, ac i beidio gwneud gormod o dwrw.

'Dydy dy dad ddim yn hapus bod rhywun wedi byta'r *sweet & sour* i gyd.'

Ddywedodd Ffion ddim byd.

'Cod rŵan hyn, 'dan ni angan cychwyn mewn awr.'

'Be ti'n feddwl "ni"?'

'Ffoniodd Nain neithiwr, isio i mi ddod hefyd.'

Golchodd Ffi ei dannedd deirgwaith i drio cael gwared ar flas y smôc gafodd hi tu allan i Whitehall wrth aros am y tacsi. Doedd hi ddim yn smocio, ond roedd hi wedi cael cynnig un neithiwr. Am ryw reswm mae sefyll ar ben dy hun efo smôc yn dy law yn teimlo'n fwy cyfforddus na sefyll ar ben dy hun heb ddim byd yn dy law.

Aeth i lawr y grisiau a gweld ei mam yn y stafell ffrynt ar ei gliniau, gyda sgwariau ar sgwariau ar sgwariau o wlân wedi cael eu gweu ganddi dros y misoedd dwytha. Mi ddaru ei nain fwy neu lai ei gorfodi i ddechrau gweu'r sgwariau, gan fod criw o ferched dre wedi penderfynu dechrau clwb gweu. Byddai'r sgwariau wedyn yn cael eu gwnïo at ei gilydd i greu un cwrlid mawr. Roedd rhai blancedi yn cael eu gyrru at ffoaduriaid yn Wrecsam, rhai eraill ar gyfer babis newydd, teulu, ffrindiau.

Edrychodd arni'n sortio'r sgwariau fesul lliwiau, rhai yn hydrefol o goch, mwstard ac oren. Rhesiad arall yn deulu o wlân Aran, efo brychau o liwiau ysgafn glas a phiws a phinc yn frith drwyddynt. Astudiodd ei mam y clytwaith yn fanwl, a oedd bellach yn gorchuddio llawr y stafell i gyd. Bu gweu'r sgwariau bach yn help iddi dros y misoedd dwytha, er na fuasai neb o'r tu allan yn sylweddoli bod unrhyw beth o'i le. Bob nos roedd gafael yn y gweill yn caniatáu iddi ganolbwyntio ar hynny yn unig – cyfri rhesi, dad-wneud a chast-offs. Er i Ffion ddamio bod y blydi pellenni ym mhob stafell, yn ddistaw bach roedd hi'n mwynhau gweld ei diddordeb yn tyfu a thyfu, nes ymylu bron ar fod yn obsesiwn.

Edrychodd ei mam arni, a chyn iddi agor ei cheg, dywedodd Ffi eu bod nhw'n edrych yn lyfli.

Llowciodd ddau barasetamol yn y car. Roedd hi'n

eistedd yn y sêt gefn am nad oedd hi, yn ôl ei mam, yn 'ffit i ddreifio', a Nain oedd yn cael eistedd yn y sêt flaen. Roedd haul cryf y bora yn dobio ei llygaid a difarodd yr wy ar dost i frecwast.

Wrth i'r ddwy siarad yn y seti blaen am hyn, llall ac arall, meddyliodd Ffi pam ddiawl ei bod hi'n mynd efo'i mam a'i nain i glwb gweu ar ddydd Sul, yn enwedig efo hangofyr fel hyn. Pwysodd ei phen yn erbyn y ffenest. Wrth iddi gau ei llygaid crwydrodd ei meddwl yn syth at y bore hwnnw pan ddeffrodd yng nghynfasau gwely Siôn yn hanner dillad y noson cynt. Pam ei bod hi'n gadael i'w meddyliau gropian yn ôl ato, ddydd ar ôl dydd? Doedd o'n ddim byd. Doedd hi'n ddim byd iddo fo. A wyddai hi ddim beth oedd o iddi hi chwaith tasai hi'n dod i hynny. Roedd y peth 'di mynd.

'Ti'n iawn yn fan'na, was?'

'Yndw tad, Nain.'

Roedden nhw ar fin cyrraedd tŷ Marilyn, yr archwniwraig. Hi oedd yn 'gwnïo bob dim at ei gilydd' yn ôl ei nain, ac yn gwneud 'uffar o sbynjan dda'. Doedd fiw i Ffion roi dampar ar y pnawn, er y gallai feddwl am sawl lle y bysa well ganddi fod nag yng nghanol merched yn sortio sgwariau.

Gwaethygodd ei chur pen yr eiliad y camodd i mewn i'r tŷ. Roedd tua phump o sgyrsiau yn digwydd yn union yr un pryd yn un pen i'r stafell, yna ton fawr o chwerthin yn dod o'r pen arall. Roedd rhaid iddi weiddi mai Ffion oedd ei henw yng nghlust Marilyn, a ddaru hi ddim dallt ei bod wedi clywed llawer o ganmoliaeth am ei sbynjan. Roedd yr awyrgylch yn llethol a phen Ffion yn sbinio yn barod.

Teimlodd yn well ar ôl cael paned o de. Doedd hi heb gael un y bore hwnnw, ac fel arfer byddai'n yfed tair paned cyn amser cinio. Roedd ei mam a'i nain wedi diflannu i rywle, felly eisteddodd ar gadair wag oedd wrth ymyl criw o'r merched a edrychai dim ond fymryn yn fwy swil.

'Titha'n gweu?' gofynnodd un iddi.

'Na… Yma i ddwyn y cêcs dwi.'

Roedd y jôc yn plesio, a siarsiodd dynes arall iddi fwyta llond ei bol, wir. Allai hi ddim peidio â chwerthin wrth iddyn nhw fynd drwy eu petha wrth sglaffio sgons a sychu briwsion o gonglau eu cegau. Doedd dim angen iddi hi gyfrannu dim i'r sgwrs, dim ond eistedd yno a gwrando. Eu pnawn nhw oedd hwn wedi'r cyfan.

Roedd y cur pen yn dechrau cilio a theimlai'n ddigon bodlon yn eistedd yn eu canol, a jyst gwrando.

O gornel ei llygad gwelodd ei nain yn trio dal ei sylw drwy chwifio ei llaw arni, a'r geiriau 'Ty'd yma' yn cael eu meimio drwy'r lipstig *mauve* ysgafn. Bwytodd chwarter olaf y sgon wrth iddi godi o'r soffa, er ei bod yn gwybod ei bod wedi cael hen ddigon yn barod.

Roedd yn amlwg mai hon oedd stafell wnïo Marilyn – roedd 'na arwydd bach pren efo 'Stafell Wnïo Marilyn' wedi cael ei beintio mewn glas golau arno fo.

Daeth wyneb yn wyneb â bryniau o flancedi, yn sbloets o liw a phatrymau (rhai yn fwy chwaethus na'i gilydd, rhaid cyfaddef). A dweud y gwir, roedd Ffion yn hoffi bod y lliwiau'n clasho. Roedd personoliaeth pawb ym mhob sgwâr ac roedd y rheiny wedi eu cyfuno mewn un cwrlid mawr yn creu rhywbeth reit arbennig.

'Yli hwn.'

Lliwiau tawel, a sawl sgwaryn Aran efo lliwiau yn frychau drwyddyn nhw. Trodd ei nain y flanced drosodd a rhedeg ei bysedd dros y labeli bach gwyn oedd wedi eu gwnïo arnyn nhw.

'Yn fama mae *initials* pawb sy 'di gweu sgwâr bach... Yli, fuest ti'n siarad efo hon gynna. A fuodd hon yn dysgu efo fi ers talwm. A hon yn fama, hon sy ddim 'di bod yn dda yn ddiweddar, graduras. Dyma sgwaryn gen i, a ma'r un yma gan dy fam. *Chdi* pia hwn.'

Cêcs oedd hi'n disgwyl ei gael, nid cwrlid. Gafaelodd

ynddo a stydio'r sgwariau bach i gyd yn iawn. Roedd yr ymylon wedi cael eu crosio mewn lliw gwyrdd tywyll, ac roedd pwysau ynddo wrth iddi ei gario yn ei breichiau.

'Oddan ni'n gwbod nad oddat ti'n licio'r hen liwia fflashi 'ma. Dydy pawb ddim yn gwirioni'r un fath, nac'dyn?'

Aeth Ffion allan i gael mymryn o awyr iach – dim ond rhithyn o'r cur pen oedd ar ôl bellach. Clywai oglau cryf yr olew ar y gwlân, ac anadlodd ei sawr yn ddwfn eto. Gafaelodd yn y cwrlid yn dynn wrth deimlo gwres haul canol pnawn ar ei hwyneb.

YR AWEN LAWEN

EURIG SALISBURY

Ddarllenydd, er holl hanes digalon byd a glywest,
Yn lân ni ddigalonnest, sy'n orchest ynddo'i hun,
Ac rwyt ti'n dal y ddalen ac arni hi fy awen,
Ie, llond dy law o awen, a llawen yw ei llun.

Os aeth barddoniaeth inni'n reit feddal hyd at foddi,
Os hawliodd, bron heb sylwi, lais Shelley fwy na'i siâr,
Erioed, bu awen Cymro i'w noddi a'i defnyddio,
I'w phlethu a'i hailweithio tra byddo iaith yn sbâr.

At iws – beth wyt ti'i isie? Mae gen-i stôr o'r gore
O wyllys a llinelle a dorre d'ofne di,
Yr union offer gerwin a holltodd gyffion Elffin,
Ie, offer anghyffredin Taliesin yw'n tŵls ni.

Ac roedd y gerdd angerddol i'w noddwr yn rhinweddol,
A'r llais ei hun yn llesol, yn dafol bach rhwng dau,
Fe godai uwch pob gwydyr, a chreu yn llwch yr awyr
Dan drawstiau derw ystyr o wewyr ac o wae.

A phan ddôi heibio'r ffenest yn gynnar ganwr gonest
I ofyn rhodd am bryddest i wres di-ildio'r ha',
Ar fiwsig hyn o fesur, rhôi gusan gair o gysur
Ar ruddiau oer ei roddwyr yn ddifyr ac yn dda.

Oherwydd, wir, er hired pob gaea' cwla caled,
Nid oes dim gwir cyn wired â'u myned Galan Mai,
Ond mae calonnau Ionor fel drysau cau: o'u curo
Rhaid ymwroli i'w hagor i'r tymor ddod i'r tai.

Ddarllenydd, heddiw llanwer dy fyd â haf o hyder,
Er pob rhyw hedyn pryder, mae llawer mwy o'r llon;
Ba raid i ti bryderu? Mae'n wan bob baich o'i rannu,
Daw'r wawr yn fawr yfory – gan hynny, mae'r gân hon.

Holwch am bris argraffu!
www.ylolfa.com